D1065937

www.quebecloisirs.com

UNE ÉDITION DU CLUB QUÉBEC LOISIRS INC.
© Avec l'autorisation de VLB Éditeur
© VLB Éditeur et Gilles Jobidon, 2003
Dépôt légal — Bibliothèque nationale du Québec, 2003
ISBN 2-89430-622-9
(publié précédemment sous ISBN 2-89005-851-4)

Imprimé au Canada

LA ROUTE DES PETITS MATINS

Gilles Jobidon

LA ROUTE DES PETITS MATINS

roman

À C. F. Y.,
il fallait que je te dise…

Avant de parler, demande-toi si tes
paroles sont dignes de recevoir le tribut
de nos chants et de nos larmes.

LUN YU

LES ANNÉES SAIGON

Tu ne parles jamais d'amour. Aux premiers pas de l'aube, lorsque les lumières de Saigon se sont évanouies, il pleuvait. Dans ta langue maternelle, en cantonais, on ne dit pas il pleut, on dit il pleure. Le ciel a lavé la terre.

Depuis longtemps, ta mère savait que tu ferais comme elle, dont la famille s'était enfuie de Canton en 1938 – l'invasion japonaise. Tu es parti, il pleuvait.

Ton départ coïncide avec le jour des Morts. Là-bas, en ces temps de feu, la mort partout, jusque dans l'enceinte des femmes.

Tu n'as pas embrassé ta mère. Elle ne t'a pas embrassé. Du plus loin que tu te souviennes, elle ne t'a jamais embrassé. À sa place, dans la cuisine, sous l'autel, feignant de dormir, elle t'a vu t'enfuir du coin de l'œil. Les mères ont l'œil très aiguisé.

Elle ne s'est pas levée pour toucher tes cheveux, fermer le col de ta blouse, parer à la fraîcheur de la nuit. Vous ne vous êtes pas terrés dans les bras l'un de l'autre. Sur le pas de la porte, en sa direction, tu as regardé le sol. Elle a compris. Chez vous, l'amour se dit patient, dans cette langue muette, en baissant les paupières, frôlant la terre des yeux, uniques témoins de l'âme.

Dans la lente montée qui surplombe la plaine, tu ne t'es pas retourné pour regarder Cholon, le quartier chinois de Saigon que les marchands sortaient à peine du lit. Tu n'as pas, une dernière fois, contemplé le pays de ta naissance, qui n'a jamais été, ne sera jamais ton pays. Toi qui n'as pas été en Chine, que la Chine n'a jamais quitté, tu n'auras jamais de pays que toi.

J'ai vu, ce matin. Tu as jeté le bulbe gelé qui ne voulait pas vivre dans sa soucoupe d'eau. Tu ne contemples pas la mort.

Tu allais partir, avoir vingt ans, ailleurs. Quelques mois avant ton départ, avec ta mère, tes sœurs, ce geste séculaire de déterrer ensemble les restes de ton père, son souvenir arraché aux griffes de la terre. Dans un rituel ancien, vieux de l'éternité de la Chine, vous avez lavé, broyé ses os, scellés dans un vase de jade. Avec ferveur, vous vous êtes approprié ce corps aimé, éteint, prêté pour un temps à l'humus de la nuit.

À l'endroit même de sa sépulture, saluant les bienfaits de la terre, vous avez planté le ginkgo, l'arbre aux écus. Tout travail mérite récompense. Depuis, à travers le cru de ce geste, tu vis, tu ris, sans regret, sans prévoir. Tu dis souvent : « Vous autres, Caucasiens, vous êtes si compliqués. »

Le passé est mort. Le futur, mort-né. Tu ne contemples pas la mort. La cigogne pourpre déploie ses ailes.

Une won-ton fait dodo dans le wok de fer. Tu l'as faite pour moi, je sais. Nous la réveillerons ensemble dans nos bouches, nos estomacs, dans nos palais.

Pour les jours sans soleil, je fais provision des éclaircies de toi. De tes regards furtifs, des petits gestes de toi qui, quand je ne les attends pas, chaque fois font mouche sur la paume de mon cœur.

Tu ne sais pas les mots de ma langue. Leur musique t'est encore étrangère. Pourtant, c'est à toi, c'est toujours de toi que je parle jusqu'à la fin de l'âme.

Ton corps a gravi les flancs de ma bouche. J'ai gardé longtemps, longtemps le huis clos mouillé de tes lèvres sur les miennes, sans les sécher du revers de la main. Chaque matin, ton sourire, comme une vague, énorme, m'emporte jusqu'au bout du monde.

On ne sait pas pourquoi le bonheur, la tristesse. On ne sait pas pourquoi. On a tous un trou dans le cœur. Les cœurs sont des passoires.

J'ai marché jusqu'à loin dans l'encre de tes pas. À jamais perdu, pour ne jamais te perdre. Toucher ta peau est comme toucher le ciel. Ta peau est le ciel de mes mains.

L'eau est bonne. Tes bras s'élèvent haut, haut dans l'air. S'abattent sur le vague de l'eau. Déchirent un ciel de gouache.

Cholon, quartier 5, piscine 3; cinq heures trente du matin, tous les matins – les mille jours qui ont précédé le juillet de ta fuite. Tu te prépares, te fabriques des muscles. Magasines, emmagasines des forces. Il faut être fort, précis, spartiate. Tes yeux ne s'attachent plus qu'à l'azur. Nulle pensée. Que l'eau, l'azur, tes bras, l'eau, l'azur, tes bras. Tes bras qui plongent, replongent, font la navette, pétrissent l'air, fracassent l'eau. Ton corps emporté, navire, longe l'eau, sans fin, rectiligne. Ton souffle, tes jambes, tes bras qui ondulent. L'azur, l'air, l'eau, azur, bras, jambes, souffle. Air, eau, azur.

Nager. Nager. Nager. Au bout de l'eau, du Pacifique, de l'espoir. Au bout du monde, du courage, de tes forces, de la vie. Nager. Nager. Nager. Nager. Tes bras, tes jambes, l'eau, l'air, l'eau. Ton souffle. L'azur.

Cette laque d'eau ramée de tes bras, de tes jambes jusqu'à perdre haleine, toute pensée, toute sensation. N'avancer. «Eau-delà.» Te défaire de cette ville, de cette vie de merde. La perdre s'il le faut. Nager jusqu'à Frisco. USA, *freedom*. New York, LA, *freedom*. Ces noms dorés, bus jusqu'à la lie dans les magazines échoués dans les bordels de Saigon, troqués au marché de Cholon contre un paquet de thé, trois prunes bleues.

Nager. Nager. Nager. Arracher à l'eau sa force contrainte, prisonnière de l'azur bétonné, olympique, olympien.

Cholon, quartier 5, piscine 3; cinq heures trente du matin, tous les matins. Mille jours. Nager loin de ce pays violé, épuisé, épuisant, dominé par sa grosse cousine du nord, qui détruit ses palais, ses pagodes, tue ses enfants filles, ses Rimbauds, ceux qui pensent trop.

Nager. Nager. Nager. Plus vite, plus fort, changer de rythme, changer de danse.

Tu t'élèves dans l'air, l'espace d'un instant. Comme le tigre sur sa proie, ton visage gifle le pavé liquide. Tes dents arrachent des lambeaux à sa chair transparente, giclée dans la chaleur épaisse. Au bout, là-bas, une poussée de tes pieds sur la paroi d'azur, une pirouette, tu es reparti. Ce geste, cette transe d'eau, ce tango désappris, durant une heure, tous les matins, des mois, des années. Mille jours. Cholon, quartier 5, piscine 3; cinq heures trente du matin, tous les matins.

L'eau a été ta confidente, ta complice, ta maîtresse durant tes dernières années là-bas. Mille jours il t'a fallu pour t'en faire une alliée, être plus fort, très fort. Olympique, olympien.

Tu es ceux qui ont franchi l'immense, le corps des mers, pour gagner le simple droit de voter. Il est avantageux de traverser les grandes eaux.

Un pic enneigé. Des pins, esquissés à peine. Un lac pâle. Une jonque. Dans la grâce de leurs ailes, des grues cendrées se défont de la terre. Au centre, ta mère, assise devant la toile froissée du photographe ambulant. Jeune trentaine, le regard franc, la dignité, l'élégance des pauvres. Toi, à l'avant-plan, qui tentes déjà l'esquive de ses bras, une face de lune, des yeux de petit singe conservés jusqu'ici, jusqu'au bout des saisons. Tes sœurs, les jumelles, la boiteuse, l'absente, à la droite, droites comme des piquets, te dépassent déjà de deux têtes. Derrière, à la barre, ton père, les lèvres figées dans un semblant de sourire, semble deviner ce qui s'en vient. Le bas de l'image est flou, bouffé par les termites qui emportent tout – les poutres, les coffres de bois, l'âme des tissus, des papiers, le vivant, le vibrant des choses. Écrit en chinois, en vermillon, sur le papier argent qui l'encadre : l'année du Lièvre d'eau – la mort de Kennedy.

Cette image grise, ton monde, ton trésor. L'un des seuls souvenirs épargnés de ta fuite, avec l'anneau d'or de grand-mère Hsu et un éclat de jade glauque tombé du vase où ton père, en miettes d'ivoire, dort sur l'autel, près du bouddha de plâtre peint qui fait son mudra vers la fenêtre de l'ouest.

Un jour, tu m'as dit que tu me raconterais tout. Une seule nuit – que plus jamais tu n'en reparlerais. Jamais plus tu n'en as soufflé mot. Il fallait que je te dise.

Le temps roule sur lui-même. Notre lit fait le doux. Je te laisse pleuvoir dans l'anse de mes bras. De grosses larmes déboulent de tes joues, sans mot dire. Tu es esseulé, tapi dans cette part intime de toi qui reste, restera toujours là-bas, malgré cette proximité, entre nous, inscrite dans le blanc de nos yeux. Saurai-je jamais l'énergie déployée pour atteindre la force qui t'habite, qui hurle de toi ? Saurai-je les risques encourus pour marcher jusqu'ici, jusqu'au bout de tes pas ?

Les nuages ont crevé de peine. Ne garde plus tes larmes, mon amour. Ne garde plus tes larmes, ton cœur s'allume. Ce qui de nous reste vulnérable nous éveille, nous rend plus humains.

La nuit, balsamique, monte à la fenêtre. Elle finira par s'endormir, cheveux défaits, dans le zèbre du ciel.

Une beauté, un petit moment d'encens.

Il y avait dans cette pluie de tantôt, dans cette ondée de toi, le feu qui t'embrase dès que tu cherches à l'éteindre. Le passé, comme un soc, perce ta chair qui brûle de prendre sa place ici, dans ce petit peuple improbable. Et puis cette tristesse de n'y avoir pas pu faire venir les tiens, ta mère, tes sœurs, la boiteuse, l'absente.

Ton désir-Eldorado : USA, *freedom, freedom, freedom.* Ce mot, martelé des millions de fois dans ta tête, comme un mantra fou.

Chaque jour sécrète sa source d'amertume dans un coin perdu de toi. On a tous un coin raté, un petit recoin fripé de l'âme. Une partie de soi où tout semble dévasté.

La pluie tombe. Dans l'écheveau de la nuit, le ciel est allé jusqu'au bout de son sang. Discrets, les lilas ouvrent la marche brève de l'été. Le magnolia rit aux éclats. L'air a chipé ton sommeil dans la chambre frileuse. Tu t'éveilles, comme un soleil, comme toujours. Tes yeux de petit singe fouinent jusqu'au fond des miens. Tu me souris. Ta peine s'est envolée. Ta peine, ta fatigue, tes maux de tête ne durent pas. Les enfants de la guerre sont si raisonnables.

Avec toi j'ai fait la traversée de la pluie. Un homme qui pleure est un espoir pour l'humanité. Le jour, lentement, s'est jeté au pied de la nuit.

Sur notre insomnie d'hier, j'ai dormi aux mêmes draps, au vaste, vaste redoux de toi. L'été s'engouffre dans les portes de mai.

Je t'invente. Tu as douze ans. Ton cartable à la main. Ton costume d'école en serge bleue. Ton petit foulard. Tes culottes courtes, les poches pleines de billes, pleines de rêves. Une chemise blanche, maculée de lumière. Les yeux, le sourire, le charme irrésistible des enfants orientaux. Ce talent qu'ont les enfants à traverser l'enfance, gardiens jaloux de ses trésors : une liqueur de bulles, un taon saoul dans un pot de verre au couvercle percé, une couleuvre, un cerf-volant, une patte de lapin teinte en vert.

Tu apprends vite, zigzaguant entre l'école, le jeu et la maison dont bientôt tu seras l'homme. Tu ne le sais pas encore.

Tu bûches. Tu parles déjà trois langues orientales. Tu apprends aussi l'anglais que tu préfères parce qu'il y a *freedom* dedans. Tu ne le sais pas encore. Toute langue est un beau voyage. Tu es un grand voyageur.

Entre les murs de l'école, il y a les maths, la géo, l'histoire, l'écriture, les amis. L'équilibre, le yin, le yang. Le calcul avec un boulier – un jeu. L'écriture – difficile. Du chinois ! Tant d'autres choses, les proverbes – dix mille ans d'errance, cinq mille de sagesse. Tu joues de la vie à merveille. Tu n'en vois pas le bout. Le ciel s'invente une musique.

L'hiver se prend pour l'été. Mardi, onze heures. Un pion vient te chercher dans la classe. L'air solennel. Rien de bon. Dans le bureau du directeur, ta mère, assise, ses mains agrippées à son sac de croco en plastique vert. Des yeux d'eau, un kleenex caché dans sa manche. Pas de blâme.

Lorsque tu entres, un perroquet répète, traînant sans fin la fin des mots : – c'est pas possiiiiiible… pas possiiiiiible… Tout ça se fait si vite. Tu ne comprends pas. Ce n'est pas le temps de poser des questions. Sans se lever, l'homme en noir s'incline dans votre direction avec ce demi-sourire gêné qui marque la frontière entre les riches et les autres. Puis, il se rassoit, plonge la tête dans un dossier, daigne dire bonjour – *djò san* – sans lever les yeux.

Sortant de l'école par les rues encombrées, ta mère te conduit sans rien dire jusqu'au bout de Cholon. Loin comme tu n'as jamais été loin. Ta première fois en cyclo-pousse. Les cyclistes, par hordes serrées, vous dépassent, entravent votre chemin dans tous les sens. Une armada sur roues qui vogue sur l'asphalte sans jamais s'arrêter triture l'immensité de la ville, Saigon, cette insomnie de pierre, de ciment, de chair et d'asphalte.

Là-bas, là-haut, l'ancien quartier colonial. Né du temps où les riches collectionnaient les pays pour les vider de leur substance, de leur âme, ce qu'ils font tou-jours – autrement. Les hommes changent si peu.

Tu n'es jamais retourné à l'école. Lorsqu'on n'a pas d'argent, l'école de la vie suffit. Le jeudi même, tu vendais du thé, des prunes bleues sur une nappe en plastique posée à même le sol au marché de Cholon. Onze heures par jour. Six jours par semaine – *djò san*.

Tes pas calqués sur ceux de ta mère. Camellia Sin, la maison de thé de maître Wou, l'homme dont elle vous parlait si souvent lorsque, à haute voix, les yeux dans la lune, elle vous contait la Chine. Au bout de quelques pas de pierre, une vaste demeure envahie de lierre pourpre.

Madame Wou vous fait entrer dans une immense pièce, une ancienne salle de bal. Tu es fasciné. Du plafond pendent deux lampes de glace qui ne fond pas dans la touffeur de mai. Les murs sont couverts d'une telle quantité de livres que tu t'imagines que le maître a passé ses trois dernières vies à en savoir le bout. Au fond de la pièce, dans le plein silence de son âge, le vieil homme vous attend, un mâlâ couleur d'ocre à la main.

Wou est très vieux – parle peu, un mandarin savant, poétique, une langue que ta mère ne connaît pas. Tu traduis pour elle les formules de politesse, les questions d'usage sur la famille, la santé, les faveurs, les disgrâces du ciel. Il continue bientôt dans votre langue. Bien qu'il le soit, il ne se montre pas étonné du niveau de compréhension, de la qualité du mandarin que tu parles. Son regard d'oiseau coule jusqu'au fond de tes yeux. Tu l'as remarqué, ta mère et lui ne se regardent que par le miroir du sol.

La femme et la fille de maître Wou entrent dans la pièce pour vous faire les honneurs du thé de fleurs de lotus. Celui des grandes occasions, une boisson sublime, sans commencement ni fin. Le maître prend le temps qu'il faut, t'explique comment on le fabrique : en bourrant un petit sac de soie de feuilles de thé, qu'on dépose quelque temps dans une fleur de lotus naissante, dont le parfum inspire délicieusement l'âme du thé. Puis, il te raconte la légende de la naissance du théier, il y a longtemps, d'un bouddha qui, pour ne jamais dormir, s'est coupé les paupières, les a jetées au loin, sur la terre fertile, donnant naissance à l'arbre à thé : *Camellia Sinensis.*

Maître Wou avait été l'apprenti du père de ta mère, ton grand-père Hsu, lui-même grand maître de thé comme son père et son père, en ces temps loins où, par leurs bons soins, les Anglais avaient fait ployer la Chine sous leurs bottes cirées. Les boulettes d'opium font mieux que les boulets de canon. Canton – *Guangzhou*, l'île de Shamian. Un grand peuple pardonne, toujours se souvient.

En suivant en cyclo-pousse les ballots de thé qu'il vous a fait amener par un coolie, tu te rappelles les mots que maître Wou glisse à ton oreille avant de vous quitter : « Méfie-toi des liqueurs opaques, elles sont comme les yeux sans âme. Le thé se sait lentement. La vie aussi. Il te faudra beaucoup de temps. Le nénuphar n'exclame sa fleur qu'à la fin de l'été. Tout est bien, n'aie pas peur. Je suis avec toi. »

Cette façon que tu as de m'apprendre. Lorsque, au matin, tu arroses tes plantes, entre autres. Leur découvrant de nouvelles pousses, entre autres. À leur propos, de dire ta richesse, en prononçant les *r* comme des *l* dans ton accent brisé, charmant, en plissant les yeux : « Je suis lich', je suis lich'. »

Tes gestes attendris, à travers notre ciel et ses petits enfers.

Parfois, tu abandonnes un fruit sur la table, momifié, immolé à quoi ? À qui ? Tes petits rituels. Quand tu fais la cuisine, accroupi sur le sol, comme sur ta nappe en plastique au marché de Cholon. Quand tu vas manger, les yeux fermés, un court instant. Avant les repas, tes ancêtres joignaient les mains, prononçaient les mots oubliés, ceux dont tu as jeté la pelure, conservé que le cœur. Tu penses à toute la peine, aux larmes dont est fait ce que tu t'apprêtes à te mettre sous la dent... La douleur des hommes et des bêtes. L'exploitation des uns par les uns. La peur des uns de la nature des autres. Et puis, ce geste si beau que j'épie du coin du regard à la frange sombre de la nuit, quand tu joins les mains en prière, les portant à ton front, à tes lèvres, à ton cœur, à ton sexe. Que dis-tu ? Qui pries-tu ? Là n'est pas l'important. L'essentiel est ici, entre nos mains, entre nos pas, dans le cercle sacré du temps.

Comme on le fait pour un instrument de musique, j'essaie d'accorder les mots en lumière, attendant qu'ils s'éveillent dans le presque livre, encore endormi.

Ces mots, comme une longue courbe d'encre, un pont lancé au travers de nous.

Je ne sais pas où je m'en vais avec mes gros sabots de mots. Là n'est pas l'important. Le voyage se fait entre les pas.

Au marché, les vendeurs te toisent. Tu es vite des leurs – un vendeur fait plus confiance à un bon vendeur qu'au meilleur des clients.

On te surnomme Petit Tonnerre, pour le feu noir qui crépite de tes yeux, pour ton sourire, l'intelligence innée que tu as du commerce. Toujours ça de pris.

Un jour comme un autre. Un jour de plus dans la vie ni rose ni noire de Petit Tonnerre.

Jamais, enfant, tu n'as connu la grâce indolente du matin. La gêne que le silence, les ragots sur le départ de ton père ont suscitée ne vous laisse aucun choix. Les grands bonheurs viennent du Ciel, les petits du travail.

Tu auras treize ans dans deux jours. Plus l'enfance est courte, plus elle rêve de s'étendre de tout son long sur le reste de la vie.

Ta mère t'instruit sur les choses de l'argent, la jungle de Cholon. Sur la façon de déguerpir à l'approche de ceux qui traquent les sans-permis, les comme-toi, les beaucoup-d'autres, c'est souvent. À la vue d'un policier, au signe subtil de l'œil, de la main d'un autre vendeur qui sans le dire te protège, tu rabats les coins noués de la nappe, l'empoignant solidement, volant au bout de tes jambes, vers un marché, une rue où d'autres marchands se sont installés. Ta mère finit toujours par te trouver, t'approvisionner en thé, en prunes bleues. Le stratagème de la fuite fait partie du travail. Une sorte de pause, cinq, dix fois par jour, six jours par semaine. Dans l'art de la fuite, tu as appris à t'envoler au-dessus des matières inertes, offertes aux regards, à l'envie qui barre le chemin. Après t'avoir vu sauter par-dessus leur étal, certains marchands qui connaissent la musique se lèvent, font semblant d'arranger leurs biens, prennent beaucoup de place, bloquant le passage aux agents de police qui te perdent dans le dédale des rues, des ruelles de Cholon. Tu te sauves toujours. Sauf cette fois où on t'arrête, on t'emprisonne jusqu'au soir, on te libère contre une somme équivalant à un mois de travail, que ta mère doit emprunter et que les geôliers se partagent devant vous en riant. Tu t'en mords les lèvres. Pas de blâme.

Le soleil s'effiloche dans la moitié du jour. Revenant de l'école, passent devant toi tes anciens camarades de classe, le cartable bourré de livres, la tête chargée de songes. Dès qu'ils te voient, ils partent à courir, riant jaune jusqu'au bout de l'allée. Tu continues à sourire, ça ne fait rien. Seuls Chan et Chia Ming s'arrêtent, te parlent, vendent pour toi le thé, les prunes bleues. Tu en profites pour pisser contre un mur, te délier les jambes. Seuls Chan et Chia Ming s'arrêtent, te parlent, vendent pour toi le thé, les prunes bleues.

Le marché est une salade de fruits étranges, bigarrée d'un mélange d'odeurs fétides et délicieuses, de couleurs, de vendeurs, de putains, d'hommes, de femmes, leurs jougs à l'épaule, leurs chapeaux pointus flottant comme de petits navires sur le temps des rues, de mendiants, de bicyclettes volées, de drogués, de dealers, de rats crevés, de poulets prêts pour leur prochaine vie, de soupes, de nems, d'artichauts séchés dans la poussière qui monte du trottoir, de poissons noyés dans l'air enfumé, parfumé de coriandre, de durian, de jasmin. Et puis partout les fruits de la mer, de la terre, dont on s'amuse à faire baisser les prix, pour rire, pour rien, pour vivre. Ta vie qui macère dans la joie toute simple. De la joie, beaucoup de joie, autant qu'il y a de monde. On ne sait pas pourquoi.

Jusque-là, Saigon avait été épargnée des feux des Rouges. De ceux lointains, aussi, migrés de l'est, aux confins de la mer pacifique, dans des mouches en fer gris. La France, l'Amérique, leurs drapeaux aux mêmes couleurs, les pieds dans les plats. Trente ans de guerre. Des ennemis aveugles et sourds qui s'affrontent, là, tout près, plaine des Joncs, plaine des Oiseaux. Une guerre de jungle, qui essaime partout hors des villes, aux abords des rizières, des marécages, dans le sang noir des eaux.

Aucune trace de bombes dans Saigon. Des hommes qui creusent un tunnel à Cu Chi, passent sous l'ennemi, gagnent le cerveau de l'éléphant. Les rats savent bien le chemin des rats.

Pour les habitants de Saigon, la guerre n'est visible que dans ses produits dérivés : le marché noir, les chairs braisées de My Laï, les G. I. en permission aux bras des filles qu'on se paye pour rien, un bâton de rouge, deux bas de soie. En dehors de Saigon, la terre minée jusqu'au derme, dévastée, rendue inutile. Dedans, les mendiants par centaines, qui chancrent la ville, les jambes exposées aux regards, immolées sur les mines qui germent dans la terre. Les visages léprosés par le napalm, les fœtus déformés par l'agent orange, saoulés de formol, flottants, éternels, War Remnants Museum, dans leurs bocaux de verre. Les peaux brûlées qu'aucune tendresse ne saura guérir, les béquilles de bambou qui poussent dans les rues de Saigon, de Cholon, comme des herbes folles au bord des routes. Les moignons qu'on exhibe contre mille dongs, rien, du papier, rien, des miettes. Les regards de chiens battus qui pourrissent au soleil, cherchant la pitié qui passe, parfois, près des marchés, des places publiques, aux parvis des églises, aux portes des pagodes d'encens. Ces enfants eurasiens, ces afrosiens, noirs aux yeux bridés, nés dans les bordels de Saigon, les plus beaux servant d'amuse-gueule aux prochains vainqueurs, les autres à la rue, aux poubelles, laissés à eux-mêmes, usés, utilisés comme des monstres dans les tentes foraines. Moins que des chiens qui pourrissent au soleil. Moins que des chiens.

Un jour, la ville change de camp, change de nom. Un nom que même aujourd'hui les Saigonais ne prononcent toujours pas, lui préférant Saigon – un citron frais, un soleil vert. Il n'y a toujours que les Rouges, les Congs, qui la travestissent de ce nom parachuté de Hanoi, un nom gris au goût de cendre : Hô Chi Minh.

Les derniers seigneurs de la guerre entrent dans Cholon, triomphants. Personne pour les acclamer. Ils paradent, pétaradent dans les rues désertes, étrangement vides. Les drapeaux virent au rouge, changent de couleur. Un drapeau cache toujours un fusil.

Bientôt une année que tu as quitté l'école. Une année en laisse, accroupi sur une nappe en plastique aux coins noués, au soleil blanc de Cholon.

Plus loin, vers un autre marché, tes sœurs, les jumelles, la boiteuse, ses pas alentis par sa jambe petite, l'absente, un œil ici, l'autre là-bas, à contempler l'invisible. Elles vendent sans joie des billets de loterie, des rêves en papier. Pour toi, les affaires marchent mieux.

De ton seul sourire, tu sais accrocher les passants. Ce n'est pas parce que l'on ne fait pas ce que l'on aime qu'on ne doit pas aimer ce que l'on fait. Comme tes ancêtres Han, tu as le commerce dans le sang. Ton sourire est ton meilleur passeport. Ta mère, elle, vous approvisionne en thé, en prunes bleues, en loterie, en courage : les femmes soutiennent la moitié du ciel.

Depuis la reddition de Saigon, aucune nouvelle de ton père parti pour l'île de Guam. Aucune trace de lui dans les trois temps, les quatre directions. Un silence de mort sur le visage dont rien ne reste, qu'un semblant de sourire sur une image pâle, perdue dans un coffre de bois communié par des termites fauves.

Le dimanche, la fête. Après un peu de foot sur le terrain vague devant la maison, tu quittes Chan et Chia Ming. Dépêché par maître Wou, quelqu'un t'attend vers treize heures pour t'amener au Camellia Sin.

Dans la salle de bal déchue, assis sur un coussin de chintz, avide, tu dégustes ce que le maître te sert : la calligraphie chinoise que vous appelez l'écriture, l'anglais, le mandarin, délaissés depuis l'école. Un thé neuf pour chaque dimanche. Tu en pratiques les langueurs fruitées, les arômes subtils de bois, de fleurs, d'amandes. En toi, le temps s'infuse dans le chant du thé : cette prière, cette révolte de l'eau qui transmet aux feuilles éclatées la mémoire de leur vie dans le ciel flou, les pieds au plus profond de la terre.

Le maître dose ses paroles comme ses silences. Il sait répondre lorsqu'il le faut, se taire quand les questions méritent la réponse dont la vie seule connaît la réponse. Derrière lui s'alignent une centaine de pièces de collection, les théières à mémoire, celles qu'on ne lave pas, laissant pour toujours l'empreinte unique d'une essence de thé à leur nuit de porcelaine. Entre deux lampées d'ambre clair, tu bois ses paroles, goûtes ses silences de cristal. Quatre-vingts ans vous séparent, vous lient. Il faut dix ans pour faire un arbre, cent ans pour faire un homme. Maître Wou ne sort guère de chez lui que pour aller quelques fois par année à la

pagode Soï Sing rendre visite au bonze, son ami de toujours. Le sage parcourt le monde sans même quitter sa
chambre.

Tes yeux, parfois dans ses yeux, parfois sur le sol.
Chaque dimanche, le Camellia Sin te réserve ce qu'il
faut pour t'enseigner les rudiments du thé, ce délicieux
prétexte à la conversation. Il t'apprend la présence au
mouvant des choses, te montre à ne pas te noyer dans
la salade de fruits du marché de Cholon. Captifs, les
dragons broutent les nuages.

Ce rêve, inlassablement.

Un ciel de crème. Soï Sing, ton ancienne école, appuyée tendrement sur sa pagode. Ses toits festonnés aux mille dieux vernissés d'ocre, glacés vert étang. Au premier, les classes s'étirent en U le long d'une galerie extérieure, son cœur grand ouvert sur le ciel.

Tu es seul. Tu marches à pas de feutre. Tu tiens à la main un bout de canne à sucre que tu fais courir sur la brique jaune. Derrière une porte vitrée, cinq ou six camarades s'agglutinent autour d'un pupitre. D'où tu es, tu n'entends que des rires étouffés qui meurent au seuil de ton oreille. Tout est lourd, lent, sourd, déformé, tout autour, tout en toi. Chacun de tes gestes décuple le temps qui se traîne. Intrigué, tu ouvres la porte, tu t'avances. Tes camarades ne se retournent pas. Entre les rires qui s'arrêtent, qui repartent, tu entends comme un bruit d'ailes. Un bruit d'ailes.

Pour voir ce qui se trame, tu dois te jucher sur le bout de tes pieds. Sur le pupitre, tu finis par voir un papillon ramoneur, noir, énorme. Sur ses ailes, deux soleils couchants noyés en filigrane dans une traînée de poudre rousse. Une splendeur. Une révolte noire qui papillonne à mort dans un cercle vicieux. Tu ne sais pas pourquoi.

L'image se précise. Pour mieux voir, tu sautilles sur le bout de tes pieds. En alternance, un bruit d'ailes, un silence épuisé, des rires qui éclatent, qui s'arrêtent, re-partent, stupides, comme souvent les rires. Un bruit d'ailes, toujours. Une splendeur.

Cela se précise encore plus. Là... tu vois! On a cloué une aile du papillon, une seule, au couvercle du pupitre. Comme un cyclone qui s'éteint, au bout de ses forces, il tourne en rond à travers son manège, son der-nier tour du monde.

Ce rêve, inlassablement, jusqu'à ton départ. Cha-que nuit, tu te réveilles en nage, la peau moite, le cœur battant. Tu deviens peu à peu l'otage de toi-même. Des heures pour te délivrer des cauchemars qui déferlent sur ta vie, aux rives sombres de la nuit. Des heures pour te rendormir. Ce rêve, inlassablement, jusqu'à ton départ. Tu ne sais pas pourquoi.

Tu n'as pas de prénom. Chez vous, le nom parle premier. Le prénom vient après, à son service, au service du nom. Le clan d'abord, le reste ensuite, s'il reste de la place. Les autres avant toi. Heureux quand ils le sont. Heureux, entre les plages du malheur qui jamais ne réussit à mater ton sourire. Les autres devant, c'est ton plaisir, ta façon : toi, tu te tiens derrière les gens, les plantes, le contour vibrant des choses, en dessous des dragons qui se vautrent dans le ciel d'orge.

Ton argent va au nom, le prénom en garde un peu pour lui, s'il en reste. Cette différence, cette immensité, si forte, si fragile, entre nous.

Accroupi sur le sol, une planche par terre, devant toi. Ton bras s'élance, un large couteau à la main, taille une prairie de légumes, une marée de crevettes. Sur le feu, un bouillon frémit, depuis le matin, depuis toujours. La soupe d'hiver, un bouillon clair – un peu de sel, un peu de « sucle »… Beaucoup d'amour, tu ne le diras pas. Nos amis et moi expulsés de la cuisine, ton royaume alchimique. Le plomb se change en or sous l'amour de tes doigts. Ton corps maigre accroupi au-dessus de la planche. Le couteau qui frappe sans cesse, sans cesse qui frappe, frappe…

… La masse qui s'abat sur le clou de fer, qui fixe rail après rail. Tes bras, ton corps, épuisés par les heures des heures. Ce geste infini, répété, sans fin, sans cesse, dans les ateliers clandestins, les cuisines de France, les docks de Cuba, les chantiers du Pérou. Ton bras qui passe, repasse, comme un Chinois.

« Lepasser, lepasser, tlavailler, tlavailler, peintuler, peintuler. » Pour un bol de « liz », un flocon mat de lumière. Tu ne travailles pas, tu cours. Ton fer poursuit sa course sur les chemises blanches des Blancs. Trois sous la chemise. Ta tresse qui frôle la terre, ta fatigue, de tes pieds à la lune, endormie dans la sale odeur du propre.

Chinatown puant de Boston, de Vancouver, Montréal, New York, Paris. Ta chambre, partagée, dix autres chambreurs éreintés qui s'oublient pour le nom. Tu ne travailles pas, tu cours.

Tu écumes, tu laves, épures, assaisonnes, plies. Habitué de plier. Plier sous les pas, sous les bottes luisantes des maîtres. Tu n'as pas de prénom. Rien qu'un nom à qui tu lances tes rêves de papier vert sur les pas d'un bateau, sur les ailes d'un oiseau, pour le nom, là-bas, toujours, qui sait que tu n'oublies pas, ne sait pas ce que tu endures.

Ton cœur est large. Trop large dans ta poitrine. Il se brisera tôt. Tu n'apprends pas ma langue. Pas le temps. Dans ta langue, pas de temps, pas de genre, pas de nom, plus de prénom. Tes yeux, des oiseaux, des étoiles qui percent la robe de la nuit. Des petits pas, si peu de place sur la terre. Tes yeux sur le sol, ton cœur dans la lumière. Des doigts râpés qui fouillent la terre, creusent le silence, lavent les chemises, repassent les chemises, les chemises blanches des Blancs. Tes doigts cloués par les aiguilles des machines, Chabanel Street, St. Lawrence Street, Park Avenue. Tes doigts brûlés par la vapeur des trains, des cales des navires. Les cordes râpeuses qui s'abreuvent de ton sang. Les cavernes de l'Ouest où tu exploses pour un rien, pour un pays volé. Un chinetoque en moins, Trolley Street, Picky Street, Vancouver. Ton cœur à ras bord de cette Chine inconnue qui tisse chacune de tes fibres.

Ton corps, écrasé, ployant sous les charges, les dix mille enterrés sous la Muraille pour que le Fils du ciel se prenne pour un dieu.

Un peu de sel, un peu de «sucle»… beaucoup d'amour, tu ne le diras pas. Tu comptes tes sous, un sou est un sou, le boulier qui s'anime dans ta tête. Tu es dur en affaires, les deux tiers de l'argent, là-bas, sur les pas d'un bateau, sur les ailes d'un oiseau. Tu plantes des restos partout, tu es partout, nulle part, partout. Une cuisine qui ne goûte plus rien. Plus rien de la Chine. Amérique du mort. Amérique du mort.

Péril jaune. Un grand cœur. Nuit de Chine, nuit câline. Chinoiseries. Laque de Chine. Shantung. Pâté chinois. Sainte-Enfance. Petits Chinois. Maigrechine. Blanchir ce qui jaunit, ce qui, à tout prix, à vil prix se doit de rester blanc. L'argent n'a pas d'odeur. Tu sens l'empois, le riz, la sale odeur du propre. Ta vie, empesée, une pile de chemises, de la Terre à la Lune.

Tu n'as plus de nom, plus de prénom. Rien qu'un cœur qui fait la soupe, qui sourit, dix mille ans.

Un proverbe, maître Wou en a un pour chaque jour, chaque sourire, chaque nuance. À la fin de la rencontre du dimanche, à sa tombée de lumière, il te fait connaître un thé qui s'élance, nouveau sur tes papilles, fait son chemin à travers leurs mémoires, aiguise ton goût, ton esprit, mine de rien.

Le proverbe, c'est pour la sagesse floue des débuts du monde, au-delà du progrès – le progrès s'arrête où cesse l'harmonie. Le thé, c'est pour l'art de la conversation, pour apprendre la vie, ses nuances, ses arômes, devenir pour soi un ami. Il y a plus de mille ans, Lu Yu, ce fou de thé qui en étudiait les vertus, disait que l'art du thé n'est qu'un chemin pour mieux se connaître.

Il y a un thé pour chaque temps. Les noirs : le Yunnan, le grondement de la montagne d'ambre ; le Keemun, une fleur qui chante dans l'été naissant ; le Lapsang Souchong, compagnon d'un feu de bois ; le Pu Ehr, qui crible d'enfance tous les déserts de l'âme ; le Zhuang Cha, un passage étroit au-dessus même du vide ; le Tuo Cha, pour cette indécision, cette fraîcheur à conserver envers les choses ; le Sichuan, la force tranquille. Les Oolongs : le Ti Kuan Yin, le thé de la déesse en fer de la miséricorde ; le Fenchuang Dancong, pour lire entre les lignes ; le Shui Hsien, le merveilleux, l'esprit de l'eau. Les verts : le Pi Lo Chun, fol comme un veau du printemps ; le Lung Ching, un dragon qui dort dans son puits de terre ; le Hangshan Mao Feng, la sérénité, l'humilité à garder à travers la tempête. Les blancs, les jaunes : le Yin Zhen, une brise de juin sur une joue rasée de frais ; le Jun Shan Yin Zhen, des flaveurs qui prêtent vie ; le Pai Mu Tan, à l'aube d'une promesse. Et puis, les préférés de ton maître, les Pouchongs, ces ors fermentés dans la douceur de Taïwan, son pays, Formose la belle : ses plages, ses jupes de soie grège qui coulent dans la mer. Mais, par-dessus tout, son préféré, celui-là, tout simple, dont les valeurs boisées l'inspirent : un ciel d'avril qui danse dans la forêt, le Tung Ting.

Le maître jette l'eau souriante sur la brique de thé. Sous le jet d'eau bouillante, le dragon se déploie. Il verse la part de la terre qu'il fait tomber sur le sol. Une idée noire te traverse l'esprit. Tu t'empresses de calmer cette peur que ces doux instants, ce bonheur, un jour, va disparaître. « Seul le mouvement est immuable, seul le mouvement... », disait maître Wou.

Le ciel recule à pas lents. Le maître a ce petit tremblement de la tête, des lèvres, qui marque sa fatigue de fin d'après-midi, lui commande le repos. Il dit : « Va, maintenant », accompagnant ses mots d'un vague sourire doux, d'un geste las de la main. Les filles de jade tissent la navette.

Il y avait toute une vie d'homme entre toi et ton maître. Au fil du temps, Wou était devenu un confident, un père, un ami qui peut tout te dire, plus, tout cela à la fois.

En sortant du Camellia Sin, après avoir discuté avec sa femme et sa fille, un peu perdues, seules dans le salon de thé à chaque dimanche encore plus désert, tu as compris que ce monde était en train de basculer. La Chine, proche comme les dents des lèvres, venait d'interdire ce genre d'établissement qui faisait partie des quatre vieilleries dont on devait expurger le temps : vieilles idées, vieille culture, vieilles coutumes, vieilles habitudes. Depuis que le Nord avait pris Saigon, étaient devenus suspects les érudits, la politesse, la beauté, les livres, les maisons de thé, les Chinois de Cholon.

Retournant ton regard sur le Camellia Sin, qui semble en flammes dans le soleil couchant, tu penses que tout ce que maître Wou t'a enseigné ces dernières années dépasse cette rouge soumission dont on doit désormais se farder pour survivre. Il a forgé ton esprit à mieux, la sincérité, l'intangible équilibre entre les cinq éléments : l'or, le bois, l'eau, le feu, la terre. La Voie, la bonté éternelle de l'âme qui a gagné l'Asie tout entière, que rien, jamais rien en toi ne saura endormir.

Ta voix. Ta voix râpeuse, effritée, granuleuse. Ta voix dans la pièce, traînante, sans émotion, on dirait, pour nous, ça. Ta voix blanche en écho sur le plâtre blanc des murs. Ta voix de cristal dissous. Ta voix qui vogue dans l'air, sur les eaux, les terres violées de la terre. La voix des sans-voix, de la multitude. Un compte à rebours, toujours là, immanent sur le monde. Ta voix comme une flèche. Lucide, toujours. Ta voix dans les braises d'un feu qui dort, dans le sillon de ce que dirait maître Wou: «Regarde autour de toi avec les yeux d'un enfant, d'un mourant, comme si c'était la première, la dernière fois – tout est précieux parce que tout va mourir. »

Parfois, ta voix s'arrête. Tu me dis: «Pourquoi?» Des larmes, leur buée froide qui monte jusqu'à mes yeux qui essaient de te dire. Ta vie, sa lumière d'ombre.

Au fil de la tienne, la voix de ton père qui s'élève, palpe le silence avant de prendre sa place. Ce jour-là, chez vous, la sonnerie du téléphone. Sa voix au téléphone. Quatre mots: «Je suis là, venez.» Ta gêne d'entendre sa voix, imbibée d'alcool, qui traîne son propos d'esprit fou, folle sagesse. Près d'un an sans le voir, lui parler. Sa voix au bout du fil, mêlée aux rythmes d'une chanson disco en chinois. Des sons flous, indistincts, le bruit du récepteur échappé sur le sol, silence... Son frère Chi Kaï qui prend l'appareil, te crie de venir chez lui. Te dit que ton père est malade, qu'il a besoin de vous, tout de suite. Pas le temps d'attendre les jumelles, la boiteuse, l'absente, à vendre sur les routes le chiffre de l'espoir, le seul qu'ici on peut encore s'offrir pour rêver, espérer, quelques jours encore, encore quelques jours, qui sait, peut-être.

Ta voix. Ta voix râpeuse, effritée, granuleuse. Ta voix dans la pièce, un peu traînante, on dirait, pour nous, ça. Ta voix sourde, sans émotion apparente. Une voix autre plane, parallèle, double la tienne, l'enterre, prend le chemin de sa route. Celle de ton père. Le voyant lumineux du magnéto qui vacille, qui s'éteint, se rallume, la vie trop courte de ton père, qui s'épuise, quarante-quatre ans, dans un triporteur motorisé, en route vers Guang Yi – l'hôpital Guang Yi. Sa mort éclose dans tes bras. Une seconde sans fin de raideur muette. Ton père qui se meurt. Une mort banale, une braise qui s'éteint dans un souffle de vent.

Des bicyclettes empruntées aux voisins – les pauvres n'ont jamais rien à perdre. Toi et ta mère à bicyclette, de Cholon à Saigon. Les rues d'impossible repos. Une heure sur les artères interminables, bordées de commerces où on ne s'arrête que pour acheter, pour vendre ses biens, son corps, sa vie, son cœur, son âme, jusqu'au dernier trognon d'espoir. Une heure dans Cholon, dans Saigon, interminables, pour atteindre la maison de cet oncle qui, depuis des années, a bien marqué la distance entre vous : les portes de marbre avec les portes de marbre, les portes de bronze avec les portes de bronze, les portes de fer avec les portes de fer, les portes de bambou avec les portes de bambou.

Accourus là-bas, dans ce quartier de nouveaux riches qui ont financé l'arrivée des Congs : une maison tape-à-l'œil, vulgaire ; rouge, la joie, blanc, le deuil.

Le jour du mariage de ta cousine. Deux cents invités – vous ne l'êtes pas – les portes de bambou avec les portes de bambou. La cousine pleure les larmes de son corps dans la chambre du haut, des fleurs de pommier dans les cheveux. Le marié, les bras ballants, en bas de l'escalier, ridicule, cheveux bouclés, sa chemise de dentelle rouge, son habit blanc à queue-de-pie, des fleurs de pommier à la boutonnière.

La fête, gâchée par la venue de ton père. Ton père qui parle fort, assis au salon, dans le cercle enfumé des hommes. Ton père gris, amaigri. Près d'un an sans le voir, sans entrer dans le pas de sa voix. Ces mots qu'il prononce. Les mots du malheur qui sèchent dans sa bouche. Ses bras qui miment des gestes à détourner la tête : le pic, la pelle, le fouet, la faim, la soif, les plaies, les cris. Ton oncle qui se cache, en retrait. Toi, ta mère, vos yeux muets, accroupis sur le sol. Le tapis bleuet plein de confettis rouges, de confettis blancs. Ton père qui pleure, demande où sont ses filles, touche son cœur, qui dit qu'il a mal, mal là, touchant son bras, son épaule. Un triporteur appelé d'urgence pour Guang Yi.

Leurs chapeaux pointus, fixés sur leurs têtes par une mentonnière de velours vert, de velours rouge, elles marchent, se tiennent parfois la main, la boiteuse, l'absente.

Saigon prise dans sa cage de chaleur. Le vent est à la mer, en voyage, comme toujours. Le soleil boude la ville, recluse derrière ses volets de smog. Tes sœurs, tes sœurs inachevées, la boiteuse, l'absente, à vendre la chance sur les trottoirs, dans les bouis-bouis, sur les places publiques. Le vent qu'elles miment sur leurs visages, des billets de loto en éventail à la main.

Tes sœurs, tes sœurs sans entrain, leurs pantalons fleuris, leurs tuniques de fausse soie. Leurs pas aveugles sur le ciment, le terrazzo, l'asphalte, la terre sèche, les tuiles rousses. Leur quête d'abeilles de passant en passant. Février – la loterie se vend mal à l'approche du Têt.

Fin d'après-midi. Assises sur un banc aux abords du parc, celui près de chez vous, au bout de la rue, les billets bien en vue, elles offrent une dernière fois l'espoir aux passants, à la multitude qui coule dans les rues bondées, malgré la chaleur qui fait fondre la ville. Un couple s'arrête. Les billets qu'ils toisent, convoitent du regard. Leurs doigts malhabiles à trouver l'impossible.

La mort, sur la route de Guang Yi. Ta mère. Ses yeux pétrifiés, dans la lune, rivés aux centaines, aux milliers de bicyclettes, de motos qui filent en tous sens, dans toutes les directions, vous devancent, vous font cortège. L'anarchie baroque, organique, infinie de ceux-là qui roulent sur l'asphalte. Les sons minuscules, timides, des sonnettes, indolentes, sans colère. La ville qui siphonne tout, la vie, les rêves, tout.

Le triporteur. Son parcours arrêté, alenti. Le flot incessant de ceux-là, de la multitude, qui jamais ne s'arrête, dont il semble qu'il ne saura jamais se défaire. Des mains parasites qui s'accrochent aux ridelles. De chaque côté, derrière, devant, la masse des corps, indifférente à la mort qui naît, à la vie qui sombre. Des hommes, des femmes, par centaines, par milliers, une seule idée: regagner la maison, faire les courses, aller demain, une fois encore, la bonne, celle-là, peut-être, au ministère de tout, de rien, faire la queue, le pied de grue, soudoyer un fonctionnaire, un autre, pour un oui, pour un non, la moindre permission. Aux coins des rues, des pions, des soldats, le visage mat, un semblant d'ordre dans cette nuée grouillante, terrifiante. Saigon, ce cyclone immense de chair, de fer, de caoutchouc, qui tourne à vide sur la lave noire des rues.

Le destin, inscrit, tracé devant vous sur la route de Guang Yi, l'hôpital Guang Yi. Ton père, ses yeux pleins de vent. Son cœur qui se débat, en route pour Guang Yi, l'hôpital chinois de Cholon. Vos têtes penchées sur son front. Son souffle dans ton cou. Sa vie, son cœur qui implose. Ce peu de temps précieux avant qu'il ne parle plus qu'avec les yeux, qu'avec les mains qui serrent les vôtres.

Ce que je sais, je le sais de ta bouche, tu dis peu : qu'il était gentil, qu'il était marin, qu'il aimait la mer, que la mer payait peu, juste assez, qu'il n'était jamais là, près de vous, près des siens, toujours parti, qu'il revenait pour trois jours, cinq jours, une fois sept, qu'il t'avait ramené la patte de lapin teinte en vert, les Tintin en chinois qu'il te rapportait de chaque voyage, la collection presque complète que vous avez vendue lorsque ta mère a appris du directeur de l'école qu'il avait été soupçonné de haute trahison, envoyé dans un camp.

Tu dis aussi ce que ton père t'a confié à l'oreille sur la route de Guang Yi, ces quelques mots : que l'oncle Chi Kaï lui avait donné une enveloppe pour un ami, fonctionnaire sur l'île de Guam, qu'il ne s'était pas défié, qu'il avait été naïf, que, lorsque le bateau avait été intercepté par les Congs au large de l'île, il n'avait jamais dit de qui il la tenait, ne savait pas son contenu, qu'il avait tout subi pour l'autre, son frère aîné, Chi Kaï – les portes de bronze avec les portes de bronze, les portes de bambou avec les portes de bambou.

Les trottoirs en bordure de Guang Yi. Les vendeurs qui assaillent les passants. Leurs cris, leurs gestes de noyés qui cherchent à retenir la foule. Leurs doigts qui pointent les marchandises: fleurs, fruits, revues, breloques, contrebande. Des riens alignés sur des nappes en plastique aux coins noués. Devant l'entrée, les noms de donateurs, de riches donateurs, le nom de ton oncle Chi Kaï, lui aussi, fondu dans le bronze, à l'entrée de Guang Yi, l'hôpital Guang Yi. Plusieurs d'entre ceux qui, dit-on, ont financé les Congs. Ceux-là mêmes qu'ils écraseront comme des citrons verts qu'on écrase dans la soupe, qu'on jette sur les piles d'ordures qui pourrissent au soleil, dans les cours, les passages, les parcs, au grand jour des rues où l'on chie, où l'on pisse devant les passants.

Conduit par son chauffeur, ton oncle vous suit de peu. Une des rares autos de Saigon. Un luxe qu'il s'est payé en vendant du métal au Nord, des tonnes de métal fondu en armes, versé en larmes.

Ta mère dans tes bras pour la faire descendre. Son petit poids de plume dans tes bras. Ton oncle, gêné, qui cherche à toucher la tête de ton père. Ton bras qui coupe son geste. La chaleur ronde, immense, torride. Des coulisses de sueur qu'il éponge, son mouchoir de soie rouge dans son cou, sur son front. Ses doigts tremblants qui fouillent dans un porte-monnaie de serpent noir. Une liasse de billets qu'il te donne, que tu prends, que tu lances au-dessus de ta tête, tes yeux dans ses yeux. Des dongs, des millions de rien, des feuilles mortes qui pleuvent sur le sol, rien. Les vendeurs, les passants, des hyènes en furie qui s'arrachent l'argent qui ne vaut rien, plus rien, trois fois rien.

Un brancard kaki, taché de sang, appuyé contre un mur. Un drap douteux, dérobé sur une chaise aux bras cassés. Ton père, que vous portez, ta mère et toi, tant bien que mal, aux bras de l'infini.

Une femme, des hommes en blanc qui fument dans l'entrée. Au fond d'un couloir tapissé d'odeurs d'éther, un mouroir sans murs, plein de gisants, d'orants, de priants. Vos pas intimidés par cette marée qui se meurt sur du ciment froid. Ta mère qui parle tout le temps, qui dit que tout va bien, que vous êtes là, là tout près.

Inutile, un médecin se penche sur ton père, prend son pouls, fait non de la tête, comme dans les films. Son regard blanc sur le papier blanc. Sa plume qui trace du vent.

Tes doigts qui ferment les yeux de ton père. Ses yeux perdus. Son regard loin déjà, dedans, attablé à l'autre monde. Ta main sur sa joue tiède. Léger, un sourire sur ses lèvres, le même sur cette image grise, ton monde, ton trésor. Toi, ta mère, à genoux. Vos têtes, penchées sur ce corps d'absence, mort du vent. Sa chemise qui boit le sel de vos larmes. Le reste oublié. Quelques heures, là, impuissants, sans trop savoir, dans l'espace où la vie, la mort trinquent, tirent au poignet, à la courte paille, jouent à qui perd gagne, se disputent le triste butin, l'échouerie des corps.

Ta mère, tendrement, sa bouche à l'oreille de ton père. Ses paroles d'opale. Ses mots doux, trop doux pour les entendre. Ses doigts dans les cheveux de son homme. Ses yeux jusqu'au bout de ses larmes. Son regard de cendre sous le dos gris du ciel.

Le temps qu'il reste. Les jours qui filent dans la lumière terne. L'argent feint que l'on brûle. Les fleurs assoiffées. L'air rare, étouffé par des effluves d'encens. Les voisins, la famille des pauvres, leurs bras, leurs cœurs grands ouverts.

Ton père. Sa dépouille dans l'entrée, sur le banc des Hsu. Des passants qui s'arrêtent, disent tout haut des mots dans la langue du pays que vous faites semblant de ne pas comprendre, montrent du doigt celui qu'ils nomment le traître à travers un grillage de vieil ascenseur qui fait office de porte, qui prend toute la façade.

Le troisième jour, le matin tôt, vers les quatre heures, un serpent jaune, interminable, s'arrête devant la maison. Des moines en longue file, envoyés par maître Wou, leurs clochettes à la main. L'encens, les cloches qui tintent, le deuil blanc de l'Orient. Ta mère qui te donne le petit peigne de bois qui retient ses cheveux. Ce geste devant la famille, les amis réunis. Tu le prends, le casses en deux, le jettes au loin, au bout de ta peine, signe que tout est passé, enfui, fini, au-delà, au-delà de la rivière.

Le corps enterré, là devant, là, dans la terre vague. La nuit, la vermine, celle du dessous, qui déchire le linceul de glaise, celle du dessus, trafiquants d'armes, d'héroïne, de chair fraîche. Immobile, la douleur prend le temps de la tortue pour passer son chemin.

Six ans qui passent. L'adolescence – l'éternité. Le travail, le thé, les prunes bleues, la nappe, les coins noués. Un bol de «liz». Un œuf pour quatre les bons jours. La course folle entre deux dimanches. Le papillon, la nuit. Un ciel de crème. L'écho vert des rires. Un chant d'ailes noires autour d'un clou rouillé.

On parle. On murmure. On dit des choses. On chuchote à l'oreille. Des mots voilés, à propos de gens que tu connais, ne connais pas. Des gens de Cholon, de Saigon, des gens du Sud, du Centre, des gens du Nord. Des centaines, des milliers qui partent, voudraient partir, déjà partis.

Des jonques, des barques, des sampans péris en mer. Des radeaux, des coquilles de noix bondées, chargées à ras bord de gens qui partent, voudraient partir, déjà partis. Des centaines, des milliers qui jamais ne reviennent, ne reviendront, peut-être.

La côte pleine de noyés. Leurs corps gonflés, pareils à des outres noires. Leurs lèvres bleues. Leurs poumons transfusés au souffle salin, immense de la mer. Des traînées, des traces d'écume sur leurs chairs boursouflées. Leurs cheveux emmêlés, tressés aux cordages arrachés. Leurs membres grisâtres, disloqués, mêlés aux algues, soudés aux coques, aux débris de navires, dispersés, échoués sur la grève. Partout sur les plages, des mâts cassés, des épaves, des lambeaux, des pans d'espoirs défaits.

Des voiles déchirées, brûlées au soleil immobile, alourdies par les corps, le sable, les coquillages. Des ombres d'ailes noires qui tournent en cercle au-dessus des plages, attirées par le chant rauque, putréfié de la chair qui pourrit sur le sable fin, entre les galets où dansent les vers.

Des bruits qui courent. Des mots codés, écrits à la hâte d'une main malhabile, griffonnés, alignés sur du papier froissé, glissés en cachette, dans une poche, passés de main à main, cachés sous la table. Des rumeurs anonymes, chuchotées à l'oreille, derrière les portes closes, dans les chambres occultes : un tel est parti, une telle s'est noyée, dit-on, son petit dans les bras. Son mari, fou de peine, perdu, les yeux hagards, marche, à cœur de jour, fait les cent pas, ne parle plus qu'aux arbres. Tel autre, vomi par la mer, trouvé, rescapé, toujours vivant, traîné de force, incarcéré, exilé, loin au nord, un pays, un peuple qu'on dit le même, battu, torturé, rééduqué, dit-on. Une étoile jaune prend son bain dans un bain de sang, étrangle le ciel bis.

Tu es beau. Tes yeux ne savent que répondre à ceux ardents des filles qui te gênent, t'intimident, te font rougir. Tes oreilles, tes joues rosies par le regard des filles. Ta mère, tes sœurs, la boiteuse, l'absente, qui se moquent de toi. Tes yeux ailleurs. Vingt ans, dans peu de mois. Tu auras vingt ans, ailleurs, dans quelques mois. Tu travailles au marché, six jours par semaine, onze heures par jour. *Djò san.*

Les dimanches, les après-midi chez Wou. Bientôt sept ans avec lui à apprendre l'écriture, les proverbes, les langues, tes seuls, tes fabuleux voyages. Jamais il n'essaiera de faire de toi un maître de thé. Ce n'est ni dans ta nature ni dans l'air du temps – il sait déjà. Tu entres dans le Camellia Sin désert, abandonné par ses habitués, des lettrés qui avec les années avaient fait de ce lieu l'un des plus courus de la ville. Depuis l'arrivée des Congs, les clients se terrent chez eux. Progressivement, l'espace d'habitation de maître Wou a été dépeuplé de ses meubles, cédés à un antiquaire du centre-ville, vendus à grand prix aux haut placés, aux amis du Parti, puis, ce sera le tour du salon de thé. Maître Wou, qui dit-on avait été très riche, a dû s'en défaire pour assurer sa subsistance. L'éclair épie le temps dans ses vasques de feu.

Vous ne parlez plus que de ça : partir. Chan sera médecin. Chia Ming, déjà apprenti à l'atelier de son père, vous a parlé d'un contact, d'un passeur qui fait des départs par voie de terre – moins risqué. Plusieurs de tes cousins et cousines plus vieux sont déjà partis, vivent sur la terre de Suède, d'Angleterre, d'Australie.

C'est prévu. Chan et Chia Ming partiront ensemble d'ici à quelques semaines. Depuis long, ils t'offrent de faire la route avec eux. Tu n'as pas l'argent. Ils cherchent la somme pour payer ton voyage. N'ont réussi qu'à trouver une maigre part. Ta mère sait. Les mères savent toujours. Depuis plusieurs années, elle amasse chaque semaine des petits montants qu'elle a convertis en dollars au marché de la Contrebande. Mille dollars, des poussières, plein le ventre bedonnant de Phat, le bouddha de plâtre peint à côté de ton père qui dort sur l'autel, en miettes d'ivoire. *Freedom, freedom,* le mantra fou qui roule dans ta tête.

Tout Cholon, ce même rêve : partir. Quitter Saigon. Quitter Saigon. À la maison, vous en parlez tout bas. Ta mère, tes sœurs, la boiteuse, l'absente, tes cousins, tes cousines, tes parents nombreux réunis chez vous tous les soirs, ceux-là qui depuis sont partis ailleurs sur la terre de Suède, d'Australie, d'Angleterre, ces autres, partis en mer. Six mille dollars US à trouver. Une somme lointaine, immense, inatteignable.

Partir. Tout quitter. Cette vie de merde, la perdre s'il le faut. Aller loin, jusqu'à Frisco. USA, *freedom*. New York, LA, *freedom*.

Plusieurs fois tu t'ouvres à ton maître. Il te dit qu'il n'est pas temps encore, que tu n'es pas prêt, que tu dois parfaire ton éducation, fortifier ton esprit, ouvrir ton cœur, renforcer tes muscles pour le long voyage. Cholon, quartier 5, piscine 3 ; cinq heures trente du matin, tous les matins.

Café Tang, centre-ville. En bas de l'une de ces galeries art nouveau que les Français ont laissées derrière eux comme un bijou précieux tombé dans la poussière. À la terrasse, avec Chia Ming, tu rencontres le passeur, un homme maigre, lunettes miroir, un cure-dents entre les lèvres, qui te demande mille dollars en acompte : tu lui donnes l'argent que ta mère a repris du ventre de Phat : une fortune considérable pour un vendeur de thé, de prunes bleues au marché de Cholon.

Encore cinq mille dollars US à trouver. La rançon que l'on te demande pour habiter la terre. Trop, beaucoup trop pour un voyage en douzième classe, le fusil sur la tempe, la mort aux trousses. Quelques semaines encore pour trouver l'argent, emprunter çà et là, à la famille, aux voisins, aux amis en attendant d'arriver là-bas, *freedom*, rembourser vite la somme, faire venir ta mère, tes sœurs, tes parents là-bas, *freedom, freedom, freedom*.

Treize heures trente, deuxième dimanche de juillet. Achoï, un ancien élève de maître Wou, devrait être là comme à son habitude. Inquiet, devant chez toi, tu attends le conducteur de cyclo-pousse, assis en chien de fusil sur le parterre d'asphalte. Quelque chose ne tourne pas rond sous les nuages. Tu cours chez Chan qui t'amène en moto au Camellia Sin. Tes bras heureux qui enserrent sa taille. À votre arrivée, deux soldats vous barrent la route. À hauteur d'homme, en travers du sentier, en jaune sur une bannière rouge :

LES LIEUX DE DÉCADENCE TOMBERONT UN À UN

Contre des cigarettes, les soldats, des gamins de quinze ans que la faim a vite enrôlés, répètent leur leçon en criant d'un ton sec : « Wou le fantoche est consigné à la pagode Soï Sing avec ses pareils. »

De son doigt crochu comme du bois de vigne, la vendeuse d'oiseaux pointe l'arrière de la pagode, te dit que c'est au fond, là derrière, tout au fond.

Posées à la hâte, des piles de livres en maigres colonnes t'indiquent le sentier vers la galerie couverte qui encercle la cour, prise d'assaut par des tonnes de livres, les seuls biens que Wou possède encore.

Au centre, ton maître qui médite. Près de lui, trois canetons se chicanent, grimpent sur une planchette appuyée contre un bassin d'eau, courent un peu partout de leurs pas de pluie. Assis devant lui, tu attends que son mâlâ suspende sa course dans sa vieille main d'écorce. Sur ses lèvres, tu lis ces mots, répétés inlassablement, empruntés à l'autre versant des choses : « Au-delà, au-delà, de l'autre côté de la rivière. » Sa prière terminée, ses yeux s'ouvrent, reflètent le ciel jaune qui nage sur vos têtes. Étrange, rajeuni, il éclate de rire. En ouvrant les bras, il dit : « Je t'attendais. » En montrant le désordre tout autour, il s'esclaffe en disant : « Très Feng Shui tout cela, n'est-ce pas ? Très, très Feng Shui... »

Madame Wou apporte la bouilloire, le thé, un Ti Kuan Yin. Le maître jette l'eau souriante sur les feuilles. Attendant l'infusion, entre deux rires, il répète à voix basse : « Feng Shui. Très Feng Shui... » Il verse la part de la terre qu'il fait tomber sur le sol. Chacune de tes questions sur ce qui lui arrive, il l'écarte du revers de son rire, les mêmes mots à la bouche : « Feng Shui. Très, très Feng Shui... »

Après les mêmes phrases d'usage en mandarin, une conversation d'une heure en anglais que tu maîtrises maintenant aussi bien que lui, il te propose de faire quelques pas. Malgré qu'il soit sans paroles, jamais tu ne l'as senti aussi près de toi. Puis il se lève, un livre à la main. Traversant la cour, la pagode, précieuse d'ombre, de fraîcheur dans la touffeur de juillet, tu marches au rythme de ses vieux pas. Un caneton tente de vous suivre. Tout sourire, maître Wou se penche, le prend dans sa main, le remet dans le bassin d'eau.

Dans la pagode, tout au long du parcours, des lettrés et leurs familles en résidence surveillée saluent le maître, s'inclinent sur son passage en joignant les mains. Pour un instant, ton regard se perd dans l'immense nef remplie depuis trois siècles de cette voix aphone, de ce dialecte rare que seul le silence babille.

Après avoir allumé une des spirales d'encens qu'on lui fait descendre du plafond, le maître se dirige vers l'entrée, surveillée du côté de la rue par des soldats en armes. Légèrement fléchi, tenant devant lui le livre qu'il portait en guise d'offrande, maître Wou dit tout bas : « *This incense, this present are for you. You are ready, blow away. This nest is not for you. You found yourself, find your true home now.* » Je serai toujours là, fit-il, pointant son index sur ton cœur.

Une fois chez toi, le livre extrait de ta poche, tu examines le présent de maître Wou – *Feuilles d'herbe*, des poésies de Walt Whitman, un autre livre, encore d'autres mots dans l'océan des mots que tu ne connais pas. Tu l'ouvres au hasard. Une petite enveloppe rouge s'en échappe, tombe sur le sol. Une de celles que l'on donne aux plus jeunes, où l'on glisse quelques dongs lors des fêtes du Nouvel An. Sur l'enveloppe, écrit en chinois ancien que peu de gens savent lire : « Marcher mille milles vaut mieux que lire mille livres. » Dedans, plus d'argent qu'il ne t'en faut pour partir. Ton cœur jazze à un rythme de fou.

La nuit. Ta chambre au premier. Tu ne peux pas dormir. La pluie qui joue du tambour sur le toit de tuiles rousses. Au mur, des jeux d'ombres, des champs abstraits filtrés par le rideau qui tangue. Un vent léger qui vient de dieu sait où. Son souffle de chat qui rafraîchit la pièce.

Depuis des semaines, ton petit sac de paille est là, tout prêt, à côté de ta natte déposée sur le sol. Dedans, tes affaires, un t-shirt, un short, ta brosse à dents, des biscuits, des noix, une photo grise entre les pages d'un Whitman, l'essentiel. Tes trésors cousus dans le col de ta chemise. L'anneau d'or de grand-mère Hsu que ta mère t'a donné en l'ôtant de son doigt, une autre bague, quelques pièces d'argent, un éclat de jade glauque tombé du vase où ton père, en miettes d'ivoire…

Dans le ventre du bouddha, tu as laissé de quoi payer le dernier versement de ton voyage qu'on exigera lorsque tu seras en lieu sûr.

On ne dit pas il pleut – tes pieds, à reculons, descendent un à un les échelons de bambou –, on dit il pleure. Ta fuite dans l'aucun-bruit, l'aucune-lumière.

Seuls ornements de la maison, alignés comme des tableaux sur les murs de l'entrée, des calendriers offerts par les grossistes de thé. Sur l'un d'eux est inscrit que ce jour est néfaste pour les voyages. Le passeur t'a dit que les dates des départs sont fixées intentionnellement, de façon à brouiller les pistes. La superstition, qui rythme là le cours des choses, t'a toujours fait lever les épaules, les yeux au ciel.

Avant de partir, tu t'arrêtes, t'assieds un court instant en touchant de la main le banc des Hsu, ramené de Chine en 1938, l'invasion japonaise. Ton père qu'on y a allongé comme on le fait des marins sur le pont du navire pour leur dernier voyage. Au mur, juste au-dessus, un drapeau couleur sang enroulé autour d'une étoile jaune, plein de fils d'araignée, qu'on est obligés d'étaler devant la porte lors des fêtes civiques.

Et tout ce qui te parle, te supplie de rester. Tes sœurs, la boiteuse, l'absente, les poings fermés, englouties par la nuit derrière le rideau de perles de verre que tu écartes du pouce. Ta mère, dans la cuisine, sous l'autel, à sa place, dans l'odeur tyrannique du riz. Quelques instants encore, quelques instants à la regarder, à tenter d'imprimer son visage à jamais dans ton cœur. Tes mains jointes, ton corps tout entier qui se prosterne dans un dernier salut. Tes yeux un peu de côté, sur le sol, entre les flaques, devant trois immenses jarres ornées de dragons éteints. Tu y as vu, tu les as remplies d'eau avant la nuit. Ta mère, tes sœurs n'auront pas à aller au puits, là, au bout de la rue, pour les trois prochains jours.

Le ciel fondu en larmes. Le sol mouillé dès le seuil de la porte. Elle a compris. L'amour se dit muet, en baissant les paupières. Le plus long voyage commence par le premier pas.

Il pleut rue Van Kiép. Il pleut rue Lién Tinh. Ne pas te retourner, ne pas revenir sur tes pas. Ne pas. Ne pas.

Pas encore l'aube. De bruit, que le glissement soyeux des roues d'une bicyclette, çà et là, qui passe dans les rues détrempées.

Tu ne réponds pas. Ni au passant qui t'offre un zippo, une montre, une chaîne en or faux, une fille de treize ans, ni aux mendiants couchés sur le pas des portes. Ne pas sourire. Ne pas parler. Ne répondre à rien. Ne rien donner à ce troupeau d'enfants galeux, sept ans, dix ans, englués autour de toi à chacun de tes pas. Leurs doigts qui tirent sur ta chemise, leurs mains creusées en petites coupes, leurs voix qui demandent de quoi manger. Tu sais. Tu connais leurs yeux de lune noire, leurs jambes piquées d'héroïne, gonflées de misère, leur hochement de tête qui fait oui, d'un coup sec, leur regard qui s'imprime dans la tête, la main tendue en disant *sââà*, *sââà*, comme au temps pas si loin des Blancs.

Un pas, encore un pas, un pas. Quitter Saigon, cette vieille putain aux dents plaquées or, aux dentelles déchirées, pleines de boue. Quitter cette ville, cette vie de merde – *freedom*.

Bientôt, tu t'arrêtes devant Soï Sing où ton maître est toujours captif de l'ombre rouge. Tes yeux vers les toits, où les ancêtres jouent au mah-jong avec les petits dieux, protecteurs des flammes et de la foudre. Puis, sans même un regard, tu prends Lién Tinh, qui n'en finit plus, jusqu'au bout du monde.

Il pleut rue Van Kiép. Il pleut rue Lién Tinh. Ton cœur à ras bord de ceux que tu aimes. Le plus lourd fardeau pèse peu quand dix mille bras le soulèvent.

LA ROUTE DES PETITS MATINS

Hors de la ville, toujours voilée sous sa mantille de veuve, le ciel vide, transparent. Des femmes, le même chapeau pointu qui perce le ciel pers, le même pas de femme sur la route du petit matin. Dans la danse échinée de leur joug, leurs corps fléchis par le poids de la charge, parfois un bébé endormi fait contrepoids au riz, aux fruits lourds de la terre posés dans des paniers de jonc.

Dans la plaine absolue, rizière après rizière s'alignent vers le même point de fuite. Six heures. Le soleil en fait déjà trop. Dans les champs traversés par la route de terre rouge, des tanks, un avion, des jeeps vérolés, enfoncés aux abords des champs d'eau que des femmes accroupies piquent de riz du matin au soir. Au loin, un buffle docile que mène un enfant encore plein de sommeil.

Le jour est blanc. Comme convenu, Chan et Chia Ming t'attendent à l'arrêt d'autobus. La route ensemble sans rien dire. Fin d'après-midi, un bus pourri qui sent la pisse et la poussière vous laisse devant une petite pagode, une pierre pâle, tombée du ciel près d'un laquier chargé de ses fruits couleur paille.

Au loin, deux hommes que tu penses être des moines pour la tonsure, la robe safran qu'ils revêtent. Le passeur que tu reconnais au premier moment à ses lunettes miroir, un adjoint, son visage qui te dit quelque chose, que tu ne peux identifier. Chan te glisse à l'oreille que c'est Achoï, l'élève de maître Wou, le conducteur de cyclopousse. Son crâne rasé amplifie la maigreur de ses traits. Ses yeux avides, ses doigts qui tremblent à prendre l'argent qui passe de main en main. Le passeur, sa voix de tourterelle triste. Les consignes de dernier instant. Achoï, du bout des lèvres, vous souhaite bon voyage, s'en retourne vers la ville, son bâton de marche à la main, son petit sac en bandoulière.

Le passeur vous devance de ses pas d'habitude. En principe, il faut deux jours pour sortir du pays. La stratégie est simple. Un pèlerinage vers les hauts lieux de la spiritualité. Des pagodes à visiter, assises presque à la frontière, à deux pas du Cambodge. S'il y a des barrages, des questions, vous dites que vous allez vous faire moines. En chemin, personne ne s'occupe de vous. Trop affairés à piller les villages, à percer les ventres de leurs couteaux, de leurs queues, les quelques soldats croisés çà et là ne demandent rien, ni où, ni pourquoi, ni comment, voient passer de loin le moine et ses novices sans les regarder, comme on fait pour les fous.

Quelques kilomètres encore. Pas de bus. C'est nuit. Vous êtes en direction de My Tho, traversée par le Mékong dont vous remonterez l'échine d'eau jusqu'au Cambodge.

Tu n'as pas vu My Tho – ses lombes d'herbes aux parfums masqués par l'odeur rance des eaux. Rien vu des jonques qui trépignent aux hanches bleues des quais, des maisons juchées, leurs pilotis plantés comme des ongles dans l'argile noire.

Tu n'as pas vu – rien entendu de la voix cassée du fleuve aux quatre bras, Mékong – ses eaux crevées aux épaules blanches de la mer, au lit défait des Neuf Dragons dans les îlots verdoyants. Rien vu de Thai Son, du marché aux orchidées, de l'île du Moine des noix de coco, des pythons, des chats, des oiseaux, des couleurs, des gibbons en cage – leurs cris stridents jusqu'aux ressacs de la nuit. Tu n'as pas vu les banyans, les tamariniers, leurs pieds enflés dans la lèpre des eaux, le marché de la soie de Ba Tri.

Tu n'as rien vu de Tien Giang, ses canons de bronze muets, les étangs sacrés de Vinh Long. Tu n'as pas vu la pêche de nuit, les nasses d'osier entre les frangipaniers, les lamparos comme des soleils plagiés où les poissons viennent se mourir. Tu n'as pas vu Sadec, la traversée du bac, le chauffeur en livrée de coton blanc, la limousine de l'amant chinois qui espère toujours, la rage morte de Mme Donnadieu, les spirales d'encens qui tombent des plafonds comme des glycines en fleurs, Temple de la Dame céleste. Tu n'as pas vu les marchés flottants, la beauté du désordre, les bonsaïs assoupis sous le *dinh* au triple toit de tuiles.

Tu n'as rien vu, rien entendu des tigres qui feulent, enamourés, plaine des Joncs, plaine des Oiseaux. Rien vu des lézards, de leur course immobile sur les parois de feu, des stûpas alignés entre la vie et la mort, du riz qui sèche au bord des routes. Rien vu du Bassac, la dérive des eaux à l'est des mangroves. Pas vu la brume, les marais de Chau Doc, les jardins d'aréquiers, les puits desséchés, les forêts de brûlis, les terres mortes, les eaux lasses, les eaux lentes dans le soir d'agonie. Pas vu Chua Hang, le génie du fleuve, la Cochinchine, sa vie calée jusqu'aux genoux dans la Mère des eaux.

Le cœur dans la gorge, le souffle court dans le bas-ventre d'une péniche chargée de briques, dans le silence épais des cales, emmuré, patient, patient, comme tous ceux qui ont fui, *eau*-delà, *eau*-delà de la rivière, tu n'as rien vu, rien su, rien entendu des pépites d'or que, de chaque côté, en amont du Grand Fleuve, les agents frontaliers prennent du passeur pour fermer les yeux, la bouche, les oreilles. Immobile sur la digue, le pélican ne se mouille pas les ailes.

Délivrés de l'absence de lumière, vos yeux s'adaptent avec peine à l'incendie qui embrase le jour.

Phnom Penh – le passeur vous jette dans un taxi, lance quelques mots au chauffeur qui démarre en vitesse. À l'arrière, au travers de la vitre, en te retournant, tu vois l'homme en robe jaune qui fléchit le corps vers vous en joignant les mains, jouant son rôle jusqu'à la fin. Très vite, il tourne les talons, évanoui à jamais dans la foule anonyme, sans mots, sans yeux, sans visage.

Le chauffeur vous confie à une famille de Chinois cambodgiens. Vous restez là quelques jours, à dormir, jouer avec les enfants, vous occuper du feu, de l'eau, de rien. Puis, on vous sépare. Trop dangereux de rester ensemble. Chan et Chia Ming sont placés à la campagne dans deux villages différents. Toi, tu restes en ville. On t'amène dans un autre quartier, chez une famille installée dans les décombres de ce qui a déjà été un hôpital et dont il ne reste qu'un squelette de béton gangrené. Le lieu est squatté par la misère de ceux qui n'ont pas pu se loger lorsqu'ils ont regagné la capitale, après l'immense folie qui s'est emparée du pays tout entier, Cambodge, Kampuchéa.

Quelque chose de grave se passe à Saigon. Accompagnée d'une petite fille, une femme jeune vient te dire qu'un chaînon important s'est brisé dans l'organisation, que la suite du voyage est remise à plus tard – quelques jours, une semaine tout au plus. On te contactera. Entre-temps, tu dois attendre. Tu sais attendre.

L'espace d'une chambre – sept personnes, sans lit, sans table, sans natte, sans rien sur le sol. Rien que des étages de ciment brisé montrant son ossature de métal rouillé, des rideaux de toutes les couleurs lapés par le vent.

Tu ne sors presque pas de cette chambre improvisée au dernier étage de l'immeuble d'où on voit la misère qui s'étale jusqu'à l'horizon.

Tu vas parfois au marché avec la mère, les enfants. Tu fais les courses. Tu feins d'être muet. Tu transportes pour elle ses paniers vides du squat au marché, ses maigres achats du marché jusqu'au squat. Tu te forces à ne pas sourire, à rester gris, comme le reste du monde. Pour ne pas éveiller les soupçons, de peur de te faire prendre, qu'on te retourne d'où tu viens, tu portes le sarong, la longue jupe des hommes cambodgiens.

Peu à peu on t'explique les Khmers rouges, le génocide, la machine à moudre trois millions de morts, la peur, les slogans à faire pâlir le diable, qui hantent encore les esprits, les murs de la ville. Celui-là, indélébile, qu'il ne faudra jamais effacer de la mémoire des hommes : « Je ne tue pas ma mère. Je tue un ennemi. »

Tu comprends maintenant la tristesse des yeux, la grisaille, l'ennui quotidien dont l'air du temps est fait. Tu ne comprends pas le silence de Dieu, ses dessins de peintre aveugle qui brosse à grands traits la misère du monde.

Un jour, tu lis sur un mur la traduction chinoise des dix règles que les prisonniers ont dû respecter – les dix commandements des Khmers rouges. Quatre : « Tu dois immédiatement répondre à mes questions sans perdre de temps pour réfléchir. » Six : « Lorsque, puni pour tes fautes, tu reçois des décharges électriques, il t'est interdit de pleurer. »

La chambre d'hôpital, un immense bloc vide qui surplombe la ville. Dans un espace adjacent, une vieille femme se berce, accroupie sur le sol à longueur de journée. Ses yeux fous, son chant de petite fille, sa poupée dans les bras pour ne plus rien voir, rien entendre, ne pas se rappeler, effacer partout en elle les années de privation, les souvenirs des enfants encouragés à dénoncer leurs parents, quiconque n'obéit pas aux diktats des envahisseurs du dedans. Et puis les vers, les rats, les racines, l'écorce, les feuilles des arbres qu'il a fallu manger pour survivre, les coups de fouet, les heures interminables à creuser le trou, le dernier, qui sait, peut-être, celui où l'on finira par s'ensevelir soi-même, mort de fatigue, mort de peine, mort de faim.

Dans la ville, un mémorial fait de crânes et d'os vient d'être construit. Un château aux murs de fantômes, plus hauts que des montagnes.

Phnom Penh dévastée, que les Khmers rouges ont vidée de ses habitants, de sa science, de ses danses, de ses livres, de ses rires. Les pagodes devenues des silos où l'on entreposait le riz pour le vendre à l'étranger en échange des armes. Les mosquées transformées en porcheries, les hommes, en bêtes sauvages. Tous ceux qui portaient des lunettes pour avoir trop lu, disparus dans les camps avec les autres, éliminés, des paresseux, des faibles – éliminés.

La nuit immonde traîne toujours dans chaque veine de rue, chaque fibre d'homme, de femme, d'enfant. La vie est un danger permanent. De semaine en semaine, ton contact te fait dire par sa fille qu'il faut encore attendre – aller de l'avant apporte l'infortune.

De Chan et Chia Ming, rien, aucune nouvelle dans les trois temps, les quatre directions. Deux mois à pâtir, sur le fil du rasoir, sur la corde raide, sur le bout des pieds à attendre que la lumière… Dans la marmite, le poisson nage encore.

Début octobre, le matin, aux petites heures, la fille de ton contact te réveille en touchant tes cheveux du bout des doigts. De sa voix minuscule, sans que personne d'autre que toi l'entende, elle te dit de ramasser tes affaires, de la suivre sans perdre de temps. Comme si elle était ta fille, ta petite sœur, elle te tient par la main dans les rues de la ville jusqu'à une usine désaffectée. Après avoir traversé la cour, triste comme la mort, vous passez une lourde porte de métal entrouverte. À l'intérieur, une forte odeur de cuir, de cheveux brûlés te saute au nez. Au centre de cet espace immense, accroupis sur les gravats à discuter, Chan et Chia Ming, comme sur un plateau d'argent. Dès que tu les reconnais, tu cours vers eux bras ouverts. Votre joie d'être ensemble, d'être encore. La surprise passée, en tournant ton regard vers l'entrée : l'enfant a disparu.

Chan sort de sa poche un itinéraire confié par celui qui l'a conduit jusque-là. Vous devez le suivre à la lettre. On lui a aussi donné l'argent pour certains déplacements. On vous attend dans deux jours au port de Srê Âmben, de l'autre côté des monts de l'Éléphant, dont les flancs abrupts se perdent dans les embruns du golfe de Siam.

Moutarde. Tout jaune. Avec des motifs aux couleurs criardes qui couvrent toute sa surface : des pois rouges, des yeux bleus dessinés dans des mains ouvertes, des étoiles lilas, des poissons orange, des salamandres mauves, des bouddhas noirs aux nimbes d'or. Un camion aux couleurs de ces pays qui allongent leur grâce sous le soleil démesuré.

Le camion est sur son départ. Engloutis dans sa benne, une vingtaine de voyageurs s'entassent sur deux bancs de bois. Le plancher est réservé aux bagages, aux animaux de toutes sortes, des cochons, des chèvres, des poules aux pattes entravées. Vous vous avancez pour payer votre passage au conducteur déjà au volant. Assis à ses côtés, quelqu'un que vous pensiez ne jamais revoir. Le passeur, toujours vêtu de la robe safran, courbe la tête en joignant ses mains qui se reflètent dans les deux miroirs dont ses yeux sont couverts en permanence.

Pas de chance, plus de place, ni à l'avant ni à l'arrière du camion. Ne vous reste qu'à vous accrocher aux ridelles, de chaque côté, les pieds sur une marche de tôle. Le sort veut que tu sois avec Chan pour la première moitié du voyage. Chia Ming te rejoindra pour le reste du parcours. En attendant, il se tient de l'autre côté avec des retardataires.

Six heures sans presque s'arrêter, sans rien manger que la poussière sèche éructée par la route. De l'eau dans une bouteille en plastique qui te suit toujours, que tu partages avec Chan.

La route sablonneuse, lancinante, fade, cahoteuse. Parfois, dans les montées trop abruptes, le chauffeur vous fait tous descendre. Vous marchez, poussez parfois le lourd chameau de tôle pourrie jusqu'en haut d'une pente de sable.

Tes mains te font mal. De grosses cloches d'eau se forment sur tes paumes. Mille fois tu penses que tu ne peux plus tenir.

Un pont. Un de ceux qui ont été détruits par le trop-plein de haine, rafistolé de quatre planches qui traversent un gouffre où se dessine un torrent cent mètres plus bas. C'est là.

Dans le gisant du jour, le camion que les voyageurs ont quitté un à un vous hisse péniblement jusqu'à la sortie d'un gros village. Était-ce Cholop? Était-ce Kantoon? Tu ne te souviens pas.

Le passeur vous conduit jusqu'à un atelier de fabrication de chaises où vous attendent une quinzaine de personnes. Des Viets, des Sino-Viets, des gens qui comme vous ont payé l'acompte de la liberté, qui feront la route à pied vers Srê Âmben, où un bateau vous mènera à bon port – *freedom*. Des femmes, des hommes, des enfants, des gens dont l'âge varie de quelques mois à celui des cheveux gris. Dans le lot, une vieille femme que tu as côtoyée au marché, Apââ, au moins cinquante ans, l'âge vénérable de ta mère. Elle te reconnaît, te fait un léger sourire en plissant les yeux, en hochant quelque peu la tête. En la regardant, tu t'inclines légèrement en lui faisant cadeau du plus beau sourire que tu peux, malgré la tristesse dont tu es envahi.

C'est là qu'il vous faudra dormir, dans la poussière de cèdre, sans Chia Ming dont les mains n'ont pas tenu. Son corps, que vous ne verrez plus, descendu vers l'abîme, comme un pantin de paille. Impuissants, ceux qui se tenaient avec lui l'ont vu frapper deux fois la paroi de roc avant de disparaître dans la rivière, grosse des pluies des derniers jours. Impossible de le sauver, même penser à reprendre son corps des bras glissants de la rivière était inutile. Vous êtes toujours sous le choc, comme si le sol s'était dérobé sous vos pas, comme si la vie avait éteint toutes les lumières. Une fois dans l'atelier, entre les outils, les fœtus de chaises que deux ouvriers fabriquent comme si vous n'y étiez pas, vous attendez, dans l'odeur de cèdre, la musique sourde du travail des hommes.

Une fois entré, le passeur s'est assis, déposant sa tête sur la table enneigée de bran de scie. Lorsqu'il s'est relevé, deux ruisseaux secs laissaient encore des traces sur ses joues, sous les miroirs qui lui faisaient des yeux de mouche.

Debout, il vous parle, vous donne d'autres consignes de sa voix triste. Il a maintenant quitté la robe des moines, habillé comme tout le monde, short, chemise ample, sandales.

Dans ce tapon d'hommes, de femmes, d'enfants ramassés les uns sur les autres, tu ne peux t'enlever Chia Ming de la tête. Tu te dis que tu ne pourras jamais. Tu te sens tout petit. Tu te serres encore plus contre Chan.

À l'aube, Chan et toi, silencieux, encore sous le choc, impuissants, tristes à mourir. Sans vous le dire, avant que le jour ne se lève, vous vous retrouvez l'un après l'autre derrière l'atelier, sous les longues ramures qui ont envahi le toit depuis des colliers de lunes.

Sur la terre couverte d'aiguilles rousses, de grosses pierres font ce qui te semble un jardin sacré. Pas une goutte de vent. Ensemble, vous êtes accroupis sur l'un de ces chapeaux de mousse dont les vieilles pierres s'emmitouflent pour leurs vieux jours. Chacun, le bras passé autour de l'épaule de l'autre, la mort dans l'âme, sans mots, lourd de ce qui est, de ce qu'il vous reste de nuit.

Puis, Chan, avec une voix blanche : « Tu te rappelles avec Chia Ming… quand on riait à en avoir mal au ventre… quand on a fumé nos premières cigarettes chez nous, sur le toit du hangar… quand on volait des pêches dans le jardin des Tùng ? »

Dans le jour timide qui dévore la nuit, l'enfance s'est échappée dans un trou rose de ciel – elle ne reviendra plus. Tu penses au temps du thé, te répètes les noms incantatoires qui te calment à travers le typhon invisible de tes pensées… Fenchuang Dancong, Shui Hsien, Huangshan Mao Feng… Tu penses à ces moments heureux avec maître Wou, à tes proches, à ce monde qui n'est plus, ni avec toi ni devant toi, sur lequel tu ne pourras plus que te retourner.

Pas une goutte de vent.

Un gros village. Était-ce Cholop? Était-ce Kantoon? Tu ne te rappelles plus. On vous donne à manger, à boire – du riz collant, du poisson séché, des galettes, du thé vert. Chan et toi ne mangez pas, ne laissez couler dans votre gorge qu'une lampée de thé.

Si quelque danger survient, le passeur vous a montré une cachette ingénieuse. À première vue, elle ne semble qu'une pile de planches, mais peut contenir jusqu'à vingt personnes. On drogue les bébés avec des herbes pour qu'ils restent endormis. Le départ se fera dans quelques heures, dès que la nuit aura mis la lumière sous le boisseau, de l'autre côté du monde. Deux jours de marche encore avant la dernière étape, avant de vous abandonner aux bras larges de la mer.

Fin de l'après-midi. Au travers du sale des vitres, tu vois quelques personnes qui s'entassent devant la porte de l'atelier. Un homme crie en cambodgien. Le passeur ouvre la cachette en vitesse, s'y engouffre avec vous, la referme derrière lui. Quelques minutes plus tard, des policiers entrent, font le tour, ne trouvent rien, s'en retournent d'où ils sont venus, bras ballants, aussi idiots que lorsqu'ils sont entrés.

Le chien passe. Le loup s'en vient, se fait un peu attendre. Quelqu'un de l'organisation entre, dit au passeur qu'une troupe de soldats vient d'être aperçue à l'entrée du village. Il n'en faut pas plus pour annoncer le départ. Par l'arrière, du côté des grands pins, deux portes s'ouvrent sur la lune rouge qui guide vos pas.

De peur que vous soyez suivis, on vous fait courir jusqu'au bout de votre souffle, jusqu'à ce que les pins s'arrêtent. Dans ta fuite, tu perds ton sac, tes sandales te lâchent, pas le temps de revenir sur tes pas. Vous marchez en file indienne, longtemps, en direction du jour. Tu ne sens plus tes pieds. Au matin, ils sont couverts de sang séché.

La houle des herbes sous le vent, une rivière. Chia Ming est toujours là, dans tes pensées, dans la nuit de ton cœur.

Ton esprit lentement s'allège à mesure que le jour... Pour aider Kim, sa mère, tu te charges de porter sur tes épaules un enfant malade, Ying, un garçon de deux ans. Ce matin-là, dans un sentier d'herbes hautes, en quelques secondes de distraction, Kim et toi perdez le groupe de vue, pénétrez dans des sables mouvants aux abords de la rivière. Ensommeillé, l'enfant chante sa plainte tranquille, sa joue de pruine rose nichée au sommet de ta tête. Ses larmes chaudes glissent le long de ton cou. Il a froid, il grelotte, même si la chaleur. Son petit poids accélère votre descente dans l'immonde.

L e lendemain de l'aube.
Un nuage, tout rond, abrille la lune pâle qui traîne au lit, boulevard du ciel.

Un jour de temps mouillé, de terre et d'eau indistinctes. Loin, là-haut, le vent tiède s'est envolé avant de vous fouetter de ses verges de pluie. Tout le jour, la marée d'en haut ruisselle sur vos têtes – le ciel n'ouvre pas les yeux.

Le temps est aux arrêts, on dirait un non-jour. À dix pas de toi, sous la pluie qui s'entête, un grand héron ne lâche pas la talle de koï qui peuple ce pan de la rivière, au large des eaux troubles. Tu contemples chacun de ses gestes d'exactitude. Son regard renforce la confiance que ton maître a posée en toi, dans les replis du temps. Impavide, sa présence te déleste du singe besogneux qui cherche à bâtir ses châteaux de cartes noires dans ta tête, n'y arrive pas, n'y arrive guère – le sage vide son cœur comme on vide une pièce de bois pour en faire un canot.

Ce soir-là, le bel oiseau, comme à son habitude, n'allongera pas son vol au-dessus du long pays d'ambre. Patient, il reste là, en face du ciel rageur. Un jour bas, une autre nuit.

L'odeur du foin d'eau, l'odeur du feu, des terres inondées. Sur la rive opposée, des soldats ont fixé leur camp. Le vent ramène vers vous leur conversation, des bribes, des fagots de mots dont vous ne percevez que des sons barbares. Ils n'ont aucune conscience de votre présence. Des buissons d'herbes hautes vous isolent les uns des autres. Ils ne vous voient pas, n'entendent pas les bruits qui s'échappent du groupe, assourdis par la pluie qui capte tout l'espace des sens : la vue, l'ouïe, l'odorat, le goût, l'intelligence que dans votre culture vous placez juste là, à la place du cœur. Des heures d'attente dans les limbes glaireux de ce cloaque tyrannique, répugnant.

Passe dans ta tête une phrase que ton maître, il y a si longtemps, a semée en toi, enracinée à jamais, solide comme une borne de pierre : « Apprendre, c'est parcourir les montagnes de couteaux avec des sandales de paille. »

Huit heures, dix heures, onze heures du matin, trois heures de l'après-midi, six heures quarante. Ta montre à ton poignet. La machine du temps fui dont tu regardes la course affolée dans l'éternité. Personne ne bouge de peur d'éveiller les soldats, là, tout près, leurs fusils pointés sur vous, qui sait, peut-être.

L'enfant chigne. Ses petits hoquets de chouette se fondent aux sons de la jungle bavarde. Vous ne le savez pas, les soldats sont ivres morts, de l'autre côté de l'eau, de l'autre bord du monde. Le grand jour est un abri plus sûr que l'ombre de la nuit.

Comme un pieu, ton corps s'enfonce dans la vase. Cherchant du mieux que tu peux à rester immobile, tu chasses un à un les démons opaques qui cherchent à t'envahir : ceux qui glissent sur l'eau, serpentent sur les berges putrides de la rivière indolente, gagnent les îles flottantes, empruntent les tunnels qui percent cette pâte d'eau alanguie de terre, pénètrent la chair, s'insinuent dans la chair. Ceux, infimes, invisibles, contenus dans la berge chargée de miasmes qui percent les entrailles par les canaux du sang.

Neuf heures. La lisière du soir. Le jour est las. Les sangsues, leurs vêpres stridentes dans ta chair soumise. Tes jambes te brûlent. Les libellules font leur travail en beauté – leur nom chinois qui chante en toi, traverse ton oreille comme un son menu de clochette – *ch'ing t'ing*.

Penser à maître Wou. Penser à maître Wou. Précieux, précis, le grand héron perce ton regard. Tes yeux noyés dans le sien. Son œil noir bagué d'or. Sa robe de plumes pâles illumine le soir d'orange. Tu n'as plus mal. Tu n'as pas peur. L'abîme est une feinte du ciel.

n u i t

Un soleil enrhumé. Dans la brume qui s'efface, les mouches à feu font leur ballet d'étoiles. À l'ourlet de leurs jupes vertes, les arbres sacrés tracent la ligne du vent. Le jour grimpe. Les grillons, les grenouilles, les oiseaux, les singes fous choralent l'air du matin dans un long crescendo de lumière. Le soleil plane, effleure à peine la face mauve de l'eau qui s'exhale en fumerolles anémiques. Gavées de moustiques, des buses rousses se mirent en plein vol au miroir calme de l'eau que parcourent de légers frissons.

Tu les as vus, tu n'as pas dormi. À la barre du jour, les soldats sont partis, leurs armes, leurs sacs sur le dos, leurs cheveux en bataille. Abreuvé, le tigre gagne la montagne.

Seuls trois d'entre vous sont toujours enlisés, en marge de la berge. L'enfant et toi, ses jambes à ton cou. Sa vie en dormance que tes bras protègent du gouffre. Les paupières closes, sa mère parle aux dieux nègres engoncés dans leur vêture de limon noir. Impuissants, leurs yeux fixés sur vous, vos compagnons vous espèrent toujours sur la rive, sur la terre de Phat.

Ton corps, enchâssé jusqu'au cou. Tes yeux épris, rivés au héron qui te veille toujours. Sa confiance qui t'habite, invincible. Sans aucun signal, en un instant, il ouvre les ailes, installe sa longue majesté dans l'éclaircie du ciel. Un cercle immense au-dessus de vos têtes, avant de disparaître.

Le vent sèche les pleurs des arbres. Les hommes ont taillé de longs bambous qu'ils pointent jusqu'à vos mains. Une lutte féroce pour t'arracher aux diktats de la glu poisseuse qui t'aspire. Le lotus ne prend pas racine sur le marbre.

Tu serres très fort la longue canne lisse que Chan te tend à bout de bras. Ses nœuds saillants qui te sauvent en déchirant tes mains. Tu es couvert de boue, noir des pieds à la tête. Quelque temps, tu restes là, couché, à embrasser la terre. D'un coup tu te lèves, t'avances vers les autres en riant, trois pas de danse aux pieds, un air de jazz sur les lèvres, tu mimes un banjo entre tes doigts. Votre rire en écho, emparé par la jungle insolente. Le groupe entier, couché dans les mouillères d'herbes, gagné par le fou rire. La plus frêle lumière est un ardent soleil au plus profond du gouffre.

Sauvé, Ying somnole, tète sa mère, délicieuse. Dans quelques jours, il sera terrassé par cette attisée de fièvre qui l'emportera à grand feu, son âme, vaporeuse, lancée dans les bras larges de l'éther. La mort n'a pas la même patience pour chacun d'entre nous. Le chien jaune a mangé la lune, crache sa pépite d'or dans le ciel envahi.

Les bambous en longue nef supportent un ciel de nacre. Intangible, leur danse menue ceinture la jungle de son manteau de bois.

Tu es épuisé. La faim, la soif, la fatigue t'empêchent d'aller plus loin. Des femmes cueillent de jeunes pousses de bambou. Tu les manges avidement. Partis en reconnaissance, le passeur et quelques hommes se sont taillé un chemin à travers le rideau ligneux, en bordure de la jungle. Ils reviendront plus tard, leurs sacs pleins de bananes sauvages, de noix de coco, de mangoustans. L'abondance s'entoure d'un haut mur.

Quand tu seras un vieux Chinois, ployé dans le jardin, à faire sourire la terre, que tu lèveras les yeux vers moi, encore assis, à lire, impénitent, qu'il ne nous restera que peu de temps, saurai-je enfin que rien ne finit, que rien ne commence, qu'ici, que maintenant. Le fond du cœur va plus loin que le plus loin bout du monde.

Rien qu'un bateau qui fait *touk... touk... touk... touk*, qui fend la mer de Siam, souriante d'étoiles.

Le port de Srê Âmben s'amenuise en un point minuscule à mesure que le bateau s'éloigne de la côte. Déjà loin, les monts de l'Éléphant se sont perdus dans le ciel défait. Derrière toi ces deux jours de marche, cette nuit à ne pas savoir, à ne pas dormir dans les cavernes humides. La mort, l'indicible absence, là, à côté de toi, aussi présente que la vie, une poignée de sable qui fuit entre tes doigts. Chia Ming, là toujours, tangue dans ton esprit, là. Là, à la place du cœur.

Depuis votre départ, l'organisation connaît des ratés dont vos ventres vides sont la conséquence. Deux jours que la nourriture promise n'arrive pas. Habitués que vous êtes à cacher vos sentiments derrière vos yeux, votre sourire, à prendre la vie comme elle vient, vous plaindre ne vous passe même pas par la tête. Protégé par ses miroirs, le passeur se tait. Même s'il ne peut cacher l'affection qu'il porte aux enfants, tu te demandes si cela ne fait pas aussi partie de son leurre. Il leur donne les quelques biscuits qu'il lui reste, les chatouille, les fait rire avec des grimaces empruntées à ces singes-clowns d'opéra chinois, sous l'œil presque amusé des parents épuisés.

Le bateau sans pont s'avance, trace un sillon blanc sur le parquet bleu, infini de la mer de Siam. Allongé dans le fond du petit navire de pêche, chacun essaie de se reposer, de reprendre son souffle tant bien que mal. Apââ te confie tout bas sa fatigue. Tu prends ses mains dans les tiennes, la réconfortes du mieux que tu peux, avec ces mêmes mots que tu disais à ta mère, les soirs où son regard allait se perdre trop loin, à travers la fenêtre de l'ouest.

Chan s'est endormi. Ton regard quelques instants s'arrête sur son oreille, la rondeur lisse de ses joues, descend lentement jusqu'à son genou luisant au soleil, s'enfuit sur l'eau, sur le ciel.

Pour oublier la faim qui te mord les tripes, tu t'abandonnes toi aussi aux rives calmes du sommeil – qui dort dîne.

Ton rêve te transporte dans le trajet tuant des derniers jours. Dans le sentier virtuel des monts de l'Éléphant où tu te retrouves seul, tu ne ressens ni la fatigue, ni tes pieds couverts de sang noir, ni la faim, ni la soif de sel qui envahit ta bouche. Tu es ébahi par la beauté que tu n'as pas eu le temps d'admirer. Sous les coulis d'or qui fondent du ciel, des grappes d'orchidées parasitent les troncs aux couleurs moisies. Des oiseaux merveilleux laissent ton regard se fixer sur eux, comme si tu n'y étais pas.

Du côté des mangroves, Chia Ming t'apparaît, nimbé d'un filet flou de lumière jaune tout autour de lui. Il s'avance en souriant de son plus beau sourire, te fait signe d'approcher, prononce quelques mots que tu n'entends pas, que tu n'entends guère.

Un cri déchirant t'arrache du paradis où, pour un instant, tu avais pris refuge. Une femme montre un bateau qui s'avance vers vous à cent mètres : des pirates. D'une voix ferme, rassurante, que tu ne lui connais pas, le passeur vous exhorte à rester calmes. Posant ses lunettes sur son front, son regard descend en chacun de vous,

vous apaise, te rappelle étrangement celui de maître Wou.

Deux heures à louvoyer, à chercher à vous échapper de l'emprise de ces requins des mers qui écument tout ce qui ose flotter au large de la côte.

La nuit sur vous fait tomber son châle de soie grise. Les pirates n'arrivent pas à vous accoster. Vous font échouer sur une plage où, dès votre arrivée, des torches s'allument. Une fois son sale boulot fait, le bateau pirate remet le cap vers le large, à la recherche d'autres proies.

Des ombres s'agitent au loin sur la plage habitée de huttes improvisées faites de trois bambous, de palmes séchées, de tissus qui chantonnent l'air du vent. Entre les torches qui flambent en dégageant leur odeur de pétrole et les lumières des jeeps, les ombres s'allongent sur la nuit de sable noir qui crisse sous vos pas. Des hommes vous tiennent en joue, d'autres dépouillent chacun d'entre vous de ce qu'il possède. Leurs doigts insatiables qui arrachent les chaînes, les bagues, les briquets, cherchent l'or, l'argent, les perles, les plaquettes de jade, ce qui se vend. Ils t'enlèvent ta montre, retournent tes poches où tu n'as que du vide, ne s'aperçoivent pas de ce qui est bien cousu dans ton col, indifférents à la photo, bien à l'abri dans une poche de ta chemise, tout ce que tu as, tout ce qu'il te reste, ta vie, ton monde, ton trésor.

Du bout de la plage, un homme maigre s'avance vers vous avec sa démarche de maître. Deux acolytes tiennent devant lui des torches électriques qui dansent au rythme saccadé de leurs pas, balaient de faisceaux de lumière la marée de sable qui s'étend tout autour. C'est Achoï. Ses cheveux ont repoussé. Il est flanqué d'un nain hirsute au sourire couvert d'or qu'il tient au bout d'une laisse de cuir, qui le suit comme un chien de poche, qui rend encore plus laide la face défaite du malheur. Rendu au niveau du passeur, Achoï s'arrête, se prosterne légèrement devant lui en joignant les mains. Tu retiens ton souffle.

Le passeur comme toujours en remet de son silence, de ses paroles de vent, de ses yeux qui ne reflètent que ce qui est, que ce qui bouge devant lui. Puis, Achoï se retourne d'un coup sec en riant aux éclats. Son nain sur les genoux, il s'enfuit dans un camion. Son rire de naufrageur qui se perd sur la plage sans fin. Le même maître forme indifféremment le sage et l'imbécile.

La plupart d'entre vous ont tout perdu, les économies, l'argent prêté par la famille, l'espoir même d'une vie à se refaire. Un homme de votre groupe se met à hurler, tente de jeter sa folie à la mer. Vous le retenez, le faites entrer de force dans le bateau déjà près de la partance.

Affalés sur le bois dur, certains pleurent, d'autres regardent le vide devant eux, d'autres encore se consolent d'être toujours là, de ce côté-ci de la vie. Puis, lentement, après quelques rots de mazout, le rafiot reprend son chemin d'eau grise vers le nord. Dans le presque silence, le passeur vous dit que vous êtes sur le point de toucher au but. Tu as froid. Tu grelottes.

Vous dormez tous. Une fois tu ouvres l'œil. Tu vois comme dans la brume claire le passeur allongé sur la proue du bateau, un mâlâ de pierres jaunes à la main. De l'autre côté, le capitaine à la barre, ses yeux immobiles, rivés à ce Nord invisible qui ne vient toujours pas. Le bruit du moteur, je crois, t'a rendormi.

Plus tard. Le silence te réveille. Tu regardes autour de toi. Le passeur n'y est plus. Droit devant, dans la lagune, des îles sans oiseaux que tu ne visiteras pas, rien d'autre. Rien.

Ta vie. La mer. Les langueurs hautes de l'eau. Son froissement immense. Son inhabitude. Là-bas, presque loin, l'Asie qui dort, la multitude, un silence torride qui plane sur ses plages, draps de sable grège qui sèchent à la lune, étendues le long des côtes, bien avant Dieu. Cette nuit-là, seul, libre à ce *qui* tu deviens.

Un long bateau blanc, plein de lumière, lourd, immense, indifférent, patine sur la mer. Il vous frôle entre la brume et la nuit qui s'effiloche. Sourds à vos cris, aveugles à votre misère, des hommes en habit de soirée font tourner des femmes lasses sur des airs de jazz que radotent pour la xième fois des musiciens sans âge.

Rien que la mer, ce piètre jazz mêlé aux sons tristes de l'eau vague, cette traînée de lumière qui fuit, déshabille ce qu'il reste de nuit.

Il fait grand beau. Près de la côte, le pilote demande à chacun d'entre vous d'écrire aux siens une lettre avec le mot-clé qui permettra à l'organisation de récupérer le solde du voyage.

Le pilote accoste à un quai où quelques navires de pêche font un petit somme. Le dos au soleil, il vous guide tout près, jusqu'à un village de pêcheurs, un peu plus haut, derrière une longue ligne de catalpas.

Au détour d'une rue, des soldats en habit de camouflage s'avancent vers vous, vous parlent dans une langue qui encore jamais n'est entrée dans vos oreilles. Vous êtes sales, épuisés. Vos vêtements déchirés, couverts de boue, disent tout sur votre provenance. En tendant la main, tu t'échappes du groupe, puis tu prononces le seul mot qui, depuis toujours, te brûle les lèvres : « *Fleedom.* » Tout sourire, un jeune soldat te répond : « *Yes, fleedom.* » Et puis, en se baissant, en touchant la terre, ces mots, les mots qu'il prononce en faisant monter son regard vers toi : « *Sawasdee kap – Thailand ! Thailand !* »

England, 1er septembre, l'année du Chat de feu. Ta lettre commence comme ça, c'était le mot prévu pour dire que tu es sain et sauf. Ta lettre que la boiteuse lira à voix haute à ta mère qui ne sait lire ni écrire. Des mots calmes, patients. Tu dis aussi pour Chia Ming. C'est elle qui aura la charge d'annoncer sa disparition à ses parents. Tu dis pour Chan, pour Apââ. Tu signes, *votre fils, pour toujours.*

Le pilote ne parle pas, ne vous dit rien avant de regagner la mer, ses précieuses lettres à la main.

Comment tu dis courage ? Comment tu dis seul, attente, patience, faim, froid, ennui ?

Ta langue sait-elle un mot où se mêlent toute la joie, toute la tristesse – comme ces langues qui possèdent un de ces mots du bout des mots, celui que l'on ne peut traduire sans parler de tout un peuple –, un mot pointu comme une aiguille, frais et flou et doux, fuyant comme la brume, un mot comme *spleen, fado, squallido*?

Comment tu dis renaître ? Comment tu dis lorsque l'on pleure et que l'on rit en même temps ? Lorsque la face poudrée de la lune évince le soleil, dans la beauté du plus beau des plus beaux jours.

Toute la nuit, les bombes ont joué au tonnerre, à la tempête. Klaï Yong, un camp provisoire. Des centaines de réfugiés contenus dans un stade couvert.

En vous conduisant, le jeune soldat qui vous a accueillis te dit qu'il ne faut pas avoir peur, que le bruit des bombes vient du Cambodge, Kampuchéa, qu'ils se tirent dessus encore, qu'ici, de ce côté de la frontière, il n'y a pas de danger, que, dès demain, on vous emmènera plus au nord, dans un camp, à plusieurs heures de là. Tu t'empresses de traduire aux autres ce qu'il te dit dans son anglais incertain. On vous apporte à manger, des vêtements, des couvertures. La vie se remet à couler, comme un ruisseau tranquille. Kim s'est endormie, la tête sur l'épaule de Chan qui sourit comme dix. Tes yeux caressent le sol, juste au bout de ses pieds.

Des documents officiels, des papiers froissés, un album de photos, un cahier d'écolier que tu mets là, entre mes mains, au bon moment, à point nommé. Une carte d'identité conservée dans une boîte en fer-blanc, toi, vingt ans, les mêmes yeux, la même bouille étonnée que sur cette photo, ton monde, ton trésor.

Sur ta carte d'identité décernée par l'Agence des réfugiés, une photo noir et blanc, comme celle qu'on fait des prisonniers. Au-dessous de ton visage, on voit ta main qui tient un carton blanc, un numéro inscrit dessus : CL 250198. Toi, ailleurs, tes yeux de petit singe, vingt ans, passés, enfuis, de l'autre bord du temps.

Le cahier. Sur une page datée de deux jours après ton anniversaire, vingt ans, dix-neuf octobre, l'année du Chat de feu, tu dis, tu écris qu'après de grandes difficultés vous avez touché terre, *fleedom, Thailand*, qu'il fait trente-cinq degrés le jour, vingt la nuit, que la nuit le sol exhale ses remugles de terre, dépose sa langue moite sur ta peau, te traverse de part en part jusqu'à tes os qui font mal. Toi qui n'as jamais connu de telles variations de température, le froid t'empêche de dormir.

Sur les lignes vertes du cahier d'écolier, horizon pâle, tu dis, tu écris qu'aujourd'hui, dix-neuf octobre, tu as dû te résoudre à défaire le col de ta chemise, vendre à regret une bague afin de subvenir à tes besoins. Ce que le reste du monde donne au monde en reste est trop peu, pas assez, un peu de riz, de charbon de bois pour le feu. Alors tu cherches à contacter tes parents disséminés un peu partout sur la terre de Suède, de Chine, d'Australie, d'Angleterre. Tu dis que ce jour-là, dix-neuf octobre, tu as écrit à ta mère une longue lettre disant que tout va bien, que tu es dans un camp, Palat Nikkar, du même nom que le village d'à côté, à l'abri des bombes, des naufrageurs, que tu viens d'avoir vingt ans, ailleurs, sain et sauf, après de grandes difficultés, tu lui demandes les adresses perdues dans ta fuite, celles des cousins, des parents, disséminés autour du monde, installés un peu partout, ailleurs, sur la terre de Phat. Tu dis, tu écris que le camp est immense, qu'au matin tu l'as marché pour la première fois de long en large, dix-neuf octobre, l'année du Chat de feu, qu'il fait une demi-heure de marche de long par autant de large, que l'Agence des réfugiés t'a procuré un pantalon, des shorts, du savon en poudre, une savonnette, des sandales de mousse, de la pâte dentifrice, une brosse à dents, un bol en plastique, une cuiller, un stylo bleu, un cahier, lignes vertes, horizon pâle, ce même cahier d'écolier que je tiens entre les mains, dont je suis à la trace le fil des mots, lignes vertes, horizon pâle, sur lesquelles tu dis, tu écris que dans chaque unité vous partagez un brasero pour quatre, un moustiquaire pour deux, que pour le reste vous devez vous débrouiller, la nourriture, le reste, ailleurs, pour ne pas l'inquiéter, tu ne dis pas, n'écris pas que tu n'as pas de quoi t'acheter une couverture pour te protéger du froid, de la nuit, sa langue moite qui te traverse de part en part.

Comme si la lettre ne devait jamais s'éteindre, tu n'en finis plus de saluer, de demander des nouvelles de tes sœurs, la boiteuse, l'absente, de maître Wou, sa femme, sa fille, tes parents, tes amis, les tiens, la multi-tude, restée là, sous le dôme sale du ciel, ailleurs, des voisins, de ceux du marché de Cholon, de la famille des pauvres que tu nommes un à un par leur nom, leur pré-nom, la longue liste de ceux que tu aimes, aimeras, tou-jours. Puis tu signes, à regret, pour allonger le temps, comme si la lettre ne devait jamais finir, *votre fils, pour toujours, Réfugié CL 250198.*

Cet autre jour, un peu plus tard, vingt-deux octo-bre, l'année du Chat de feu, tu dis, tu écris que du groupe initial seule Apââ est avec toi dans une baraque de planches où il ne restait que deux places, que Kim et Chan vivent ensemble comme mari et femme, qu'ils habitent loin, à l'autre bout du camp, une demi-heure de marche de long par autant de large, un camp im-mense, Palat Nikkar, dix mille réfugiés, fichés, fichus, épinglés comme des papillons sur la terre sèche, brû-lante, dans la poussière sans ombre, encerclés par des tours de garde, des miradors, des clôtures, des barbelés, des pieux de bambou acérés, *fleedom*, liberté surveillée, que le camp est un immense village, une petite ville, plus de quatre mille baraques alignées comme des tom-bes dans la poussière, sous le soleil blanc, sans ombre, autour des quartiers administratifs où on t'autorise par-fois à passer les barrières, les clôtures, pour tondre le gazon, nettoyer les arbres, les arbustes, planter des fleurs rouges contre deux cigarettes, un coca, que dans le camp il y a des bureaux, des pagodes, des églises, des écoles, des ateliers, des marchés, plusieurs marchés où tout ce qui se vend se vend, des bouis-bouis en plein air où on fait la soupe sans amour, qu'au camp, dans les marchés du camp, les gens du village font des affaires d'or, qu'ils entrent avec leurs marchandises dès que le chien jaune a craché l'aube du matin, n'en ressortent qu'à la nuit froide, vingt degrés, où tu ne peux dormir, que la nuit, tremblant de froid, tu entends les villageois d'à côté faire la fête, Palat Nikkar, le village qui a donné son nom au camp, de l'autre côté des clôtures, des barbelés, des miradors, des bambous acérés.

Tu dis, tu écris qu'il y a aussi des dispensaires, deux bureaux de poste, une prison comble de ceux qui volent, violent, se battent, de celles qui se prostituent pour manger, nourrir leurs petits, de ceux qui tentent de s'évader, de vivre, incarcérés avant d'être retournés dieu sait où, à la frontière, Cambodge, Kampuchéa, qui sait, peut-être, ailleurs, tu dis, tu écris que lorsque tu es triste tu regardes dans cette direction d'où tu viens qui n'est pas, ne sera jamais ton pays, ailleurs, au Sud-Est, plus bas, au centre du monde, où là aussi il y a peu d'arbres, peu d'ombre où se reposer de la chaleur du jour, trente-cinq degrés à l'ombre. Peu d'ombre.

Tu décris le froid de la nuit en peu de mots. Tu as peu de mots pour ce que tu ne connais pas, le froid qui transperce le plancher de bois cru, traverse ta peau, tes os, tu dis, tu écris que toute la nuit tu cherches à dormir, sans natte, sans matelas, sans famille, sans les tiens, sans rien autour de toi, ailleurs, un plancher de bois déposé sur la terre de Phat, que le seul moyen que tu as trouvé pour t'endormir est celui-là, où tu répètes jusqu'à t'épuiser la nomenclature des thés apprise par cœur de la bouche du maître, maître Wou, ton maître, tu dis, tu écris que tu imagines un bol de thé fumant, te répètes ces mots incantatoires, qui te réchauffent, finissent par t'endormir, calmer ton esprit, là, à la place du cœur, jusqu'à ce qu'il s'envole dans le caveau ombreux du sommeil où ton corps oublie le froid qui envahit la terre de Phat : Pi Lo Chun, fol comme un veau du printemps, Lung Ching, un dragon qui dort dans son puits de terre, Hangshan Mao Feng, la sérénité, l'humilité à garder à travers la tempête, Yin Zhen, une brise de juin sur une joue rasée de frais, Jun Shan Yin Zhen, des flaveurs qui prêtent vie, Pai Mu Tan, à l'aube d'une promesse...

Puis tu dis, tu écris que tu attends qu'un pays, un jour, qui sait, bientôt, peut-être, n'importe lequel, ouvre ses portes, grand son cœur, que l'attente est longue, que souffrir en chinois s'écrit en juxtaposant ces deux caractères, 忍, celui du couteau au-dessus de celui du cœur, que chaque jour te rapproche de ce jour où enfin, qui sait, peut-être, tu reverras les tiens au pays de *fleedom*, ta mère, tes sœurs, la boiteuse, l'absente, au pays de *fleedom*...

Puis tu te rappelles ces heures où maître Wou passait ses dimanches avec toi, à contempler l'esprit de la terre, de l'eau, du vent se broyer, se noyer au fond d'un bol d'eau d'ambre fumante, répétant ces mots qui finissent par t'endormir dans le caveau d'ombre du sommeil : Pi Lo Chun, Lung Ching, Hangshan Mao Feng, Yin Zhen, Jun Shan Yin Zhen, Pai Mu Tan...

... Peu d'arbres, peu d'ombre où le temps glisse sur la vie, coule sur un banc, où il est impossible de s'abriter sous un arbre, un livre à la main, peu d'arbres, peu d'ombre.

De la joie pourtant aussi, tu parles de la joie, d'être vivant, d'être. Tu dis, tu écris plus loin que tu t'es fait de nouveaux amis, que l'autre jour, pour rire, vous avez fait cette photo de groupe, que tu me tends, où vous tenez chacun qui une lettre, qui un chiffre tracé au feutre noir sur un carton blanc, en dérision de ces cartes d'identité qu'on vous oblige à porter au cou à toute heure, à tout moment du jour au bout d'une ficelle, un nœud de pendu autour de votre cou, malgré la peur, partout, ici, ailleurs, Palat Nikkar, du même nom que le village que tu n'as fait que traverser dans un camion à la bâche fermée, sans voir, sans t'arrêter, sans poser le pied dans la poussière, Palat Nikkar, une ville presque, rapines, vols, viols, corruption, comme tout l'ailleurs que tu connais, Saigon, Phnom Penh, ne connais pas encore, ne connaîtras jamais, qui sait, peut-être, Bangkok, New York, Frisco, LA, tu dis, tu écris, ailleurs, un peu plus loin, que le petit boss, le chef de ta baraque brandit son pouvoir de toutes les façons, trafic d'influence, chantage, taxage, que ce jour-là tu as oublié de porter ta carte d'identité, CL 250198, que pour cette raison il t'a demandé de l'argent en te menaçant de te retourner à la frontière du Cambodge, Kampuchéa, ailleurs, que tu l'as regardé droit dans les yeux, sans autre réponse que le feu noir de ton regard, que jamais plus il ne t'a regardé, adressé la parole, que des hiérarchies sont installées depuis que le camp existe, que le monde est monde, que la loi du plus fort est là, partout où il y a des hommes, des bêtes et des peintres aveugles.

Cet autre jour, le lendemain, vingt-trois octobre, l'année du Chat de feu, tu dis, tu écris que c'était ton jour de corvée pour vider la merde des chiottes, qu'avec la chaleur, trente-cinq degrés sans ombre, l'odeur t'a presque fait t'évanouir, que dans ta baraque vingt-quatre personnes sont entassées, six mètres sur quatre, quatre murs de bois peints en blanc, divisés par des parois de plastique bleu cobalt, des semblants de murs, qu'on y entend tout, le moindre bruit, gémissement, toussotement, rot, vent, la moindre tendresse, caresse, prière, cruauté, que tu partages l'espace que l'on t'a assigné avec monsieur Hoang, un mètre sur quatre, deux corps allongés bout à bout, quatre mètres de long sur un de large, Hoang, un vieil homme qui ne dit jamais rien, tu dis, tu écris que de sa bouche tu n'as entendu que les soupirs du vent qui fuit son âme en courant, qu'il est là depuis longtemps dit-on, six ans, sept ans, qui sait, peut-être, qu'aucun pays n'a encore voulu de lui, ouvert ses portes, grand son cœur, qu'ici jamais personne ne l'a vu sourire, que ses yeux ont le terne des ciels d'orage, sans lumière, sans joie, sans espérance, ailleurs, sans famille, sans les siens, sans rien que ses deux mains inutiles qui se referment dans la poussière de la terre de Phat.

Neuf heures du matin. Depuis plus de trois heures, debout, sous le soleil dément, des centaines de personnes font la queue devant toi.

Cour de triage, cour des miracles. On évalue votre capacité à émigrer dans des pays qui vous ouvriront leurs portes, grand leur cœur, qui sait, un jour, peut-être. Tu es l'un des derniers à passer. Encore cinq heures d'attente. L'attente est longue. Tu sais attendre, te plaindre, non, à quoi bon. De jour en jour, d'autres réfugiés arrivent, allongent la file qui n'en finit plus, fait le tour du camp, le tour du monde, déjections inutiles de l'industrie de la guerre, florissante, interminable, depuis que le monde est monde.

Sans lever le nez de l'amas de paperasse partout devant elle, son crayon de bois à la bouche, une femme blanche avec de curieux picots roux comme de l'ombre sur ses joues pâles est assise derrière une table. De sa voix traînante, un peu nasillarde, elle te demande d'où tu viens, la langue que tu parles, ce que tu sais faire. Un interprète traduit en chinois ce qu'elle te dit avec son accent british. Tu lui réponds Cholon, Saigon, puis tu lui racontes en chinois que tu es musicien, tu lui fais ton plus beau sourire qu'elle ne regarde pas, puis, ton banjo d'air entre tes doigts, tu lui chantes en anglais cette chanson rigolote que maître Wou t'a enseignée, celle que tu me chantes aussi parfois, pour rien, pour rire, pour vivre, où il est question de melon d'eau et d'une canette de métal rouillé qu'un petit Noir frappe du bout du pied du bayou jusqu'à la mer. Puis, sans interprète, dans ton anglais brisé, charmant, tu lui dis les trois autres langues que tu parles, que tu ne sais rien d'autre et puis que si, bien sûr, le thé, vendre le thé, les prunes bleues sur une nappe en plastique aux coins noués au marché de Cholon.

Elle a levé ses yeux jusqu'aux tiens. Le temps de la chanson elle t'a regardé sans dire, puis elle a ri de bon cœur avec les autres de te voir faire aussi bien le pitre. Elle te serre la main. Elle se nomme Shakti, elle porte un petit anneau d'argent à la narine gauche, une mèche de cheveux roses, elle a une petite harpe tatouée sur l'épaule. Elle te dit de t'asseoir là avec quelques-uns, ces rares autres écumés de la file qui attendent que tous soient enfin passés, que l'opération soit terminée. Shakti te dit qu'elle a quelque chose à te proposer pour être utile, mieux voir le temps passer en dehors du ciel, sans rien, sans ombre, sur la terre de Phat.

À titre de professeur, tu es désormais dispensé des corvées. Depuis quelque temps, tu es déménagé dans le quartier administratif, du côté des arbres, de l'ombre, du gazon et des fleurs rouges.

Pour chasser l'ennui, chaque soir, tu vas voir Shakti qui te raconte sa vie devant une tasse de thé que tu lui prépares, en écoutant ses aventures incroyables, pleines de vent, de courants d'air, sa naissance à Londres dans une famille ennuyeuse, riche à crever, sa fuite en avant à seize ans avec un hippie écossais jusqu'au Maroc, sa longue route à travers l'Europe contre vents et marées pour se retrouver un jour mariée à un cracheur de feu à la retraite à vendre des billets dans un cirque espagnol qu'il dirige en Arabie Saoudite. Sa bouche ne tarit pas à te raconter chaque soir une autre histoire de plus en plus baroque qui t'ébahit, te fait rire, que tu écoutes, admiratif, incrédule, étonné : des masses d'argent gagnées dans le cirque investies en haschisch, son entrée au Népal, le tout pour le tout, des plaques de hasch autour de la ceinture, son regard innocent, son bébé qui dort sur son dos dans un châle fleuri, ces années de folie brumeuse avant d'aboutir dans un ashram indien où elle prend ce nom de déesse hindoue. Un joint aux lèvres, en riant, elle te raconte aussi ses histoires de baise à trois avec son gourou qui un jour s'enfuit au Brésil avec la caisse et l'ex-cracheur de feu, le père de Chakra, sa fille de cinq ans. Te dit aussi cette année de déroute sur les plages de Goa où elle se fait nommer Madama Butterfly, où elle dit la bonne aventure, alors qu'elle ne sait rien au tarot, devant des touristes crédules qui ne versent l'argent que pour avoir un peu d'amour, être regardés par des yeux verts dans leur fuite en avant. Tu crois parfois qu'elle invente tout, la culture du pavot dans les champs du Sikkim, son travail de gouvernante à l'ambassade d'Angleterre à Bangkok, sa rencontre d'un maître tibétain alcoolique qui la transforme, son mariage avec ce beau médecin thaïlandais qui la bat un peu plus chaque soir avant d'aboutir ici avec Chakra, neuf ans, qui est maintenant partie compléter ses études en Suisse, à l'ombre des grands-parents, trop heureux de plaquer un tuteur de bois franc contre la jeune pousse.

Le jour, tu enseignes l'anglais dans une école du camp. Tu donnes aussi des leçons particulières à domicile à ceux qui, plus riches, mieux logés, peuvent se payer l'espace d'une demi-baraque. Durant le premier mois de travail, tu ne vois presque pas Chan. Le soir, après avoir fait un crochet du côté d'Apââ et de monsieur Hoang, tu retournes à la chambre de Shakti t'abreuver de son thé, de ses contes des *Mille et Une Nuits*.

Un peu plus loin, tu dis, tu écris que l'Agence des réfugiés te demande de servir d'interprète. Vous êtes si peu à parler l'anglais qu'on vous arrache, on vous garde plus longtemps que les autres qui quittent le camp pour des pays lointains qui leur ouvrent leurs portes, grand leur cœur pour avoir plus de bras.

Sur l'enveloppe, l'adresse du camp, Palat Nikkar, puis, ce code, tracé en rouge à côté de ton nom : CL 250198. Dedans, écrites en caractères anciens, des nouvelles de ta mère, que tu espères depuis plus de trois mois.

Fils,

Reçois ces mots que ta sœur pour moi trace avec l'encre de la joie et de la tristesse. D'abord je te dis combien je suis heureuse de te savoir vivant et en bonne santé sur la terre de Phat. J'ai entre les mains les lettres, les photos que tu m'as envoyées depuis ton arrivée au camp. Tes cheveux sont trop longs, tu as un peu maigri.

Ici la vie se complique – lorsque la trame est trop serrée, la chaîne déborde son chemin.

Il me faut maintenant te faire le récit des jours qui ont suivi ton départ sous le chagrin du ciel. D'abord les mauvaises nouvelles, qui sont arrivées toutes ensemble comme toujours, comme des meutes de loups blancs au-dessus de nos têtes. Ceci, qui je sais t'attristera comme elle attriste Cholon tout entier : notre bienfaiteur, ton maître, le vénérable Wou, n'est plus. Son esprit bienveillant a quitté cette terre deux jours après ton départ. Il pleuvait encore. Au matin, sa fille est venue me chercher avec un parapluie. J'ai tout de suite compris. Je l'ai suivie sans qu'elle ait à me dire. J'ai été me recueillir auprès du corps du maître avec ceux qu'on détenait toujours à Soï Sing et dont quelques-uns seulement ont été relâchés depuis. Dehors la rue était bondée de gens qui, en silence, regardaient les larmes du ciel rouler sur le sol. Les gardes ne les ont pas laissés entrer.

Maître Wou avait été un homme très riche, tu le sais. Il m'avait promis de ne pas te dire cette chose de son vivant. Je te le dis maintenant que son départ me libère de mon vœu. Même lorsque ton père était parmi nous, c'est le maître qui a payé tes études. Avec son maigre salaire, ton père n'aurait jamais pu t'envoyer à l'école. La mer est chiche pour ceux qu'elle ensorcelle de ses yeux verts. En dépit de son pouvoir, maître Wou n'a rien pu changer de la décision de la direction de l'école de ne pas te garder, malgré l'injuste capture de ton père et sa détention sans procès dans un camp de travail. C'est grâce à ton maître que tu sais ce que tu sais. C'est aussi grâce à lui que ta langue est devenue ce caméléon qui te permettra toujours d'être entendu et d'aider les autres à se faire entendre dans les trois temps, les quatre directions.

Maître Wou avait depuis longtemps prévu ces temps difficiles qui se sont élancés sur nos flancs et qui nous étouffent comme un vêtement trop petit. Il avait caché de quoi subvenir aux besoins de sa femme et de sa fille une fois que le ciel nous aurait fait repos. Madame Wou m'a donné une peinture à ton intention, un rouleau de soie marouflé sur papier que je te ferai parvenir ces prochains jours. Il t'est offert par ton maître, qui, dans ses derniers moments, a demandé que le présent se rende jusqu'à tes mains.

Madame Wou et sa fille partagent désormais la maison avec nous, tes sœurs et moi. Je leur ai fait la promesse qu'elles peuvent y rester tant qu'elles le veulent, jusqu'à ce que le ciel recouvre enfin la vue. Déclarée « enfant de fantoche», la fille de maître Wou doit se rendre à des réunions de rééducation tous les soirs.

La chose la plus amère qui est arrivée lors des grands jours de deuil qui ont suivi la mort de maître Wou est la profanation de sa sépulture, comme celles de beaucoup d'autres dans le cimetière chinois de Soï Sing. Madame Wou, les trois filles et moi sommes allées sur les trous béants ondoyer de thé de pétales de roses les pierres tombales renversées sur le sol. Nous avons planté le ginkgo à l'endroit où avait été déposé le corps du maître, disparu de la terre, des limbes et du ciel. Je sais que tout ce que les vivants pensent faire pour les morts, ils le font pour que cicatrise cette blessure qui les habite toujours, au début, au milieu et à la fin. L'âme des morts se rit des fardeaux inutiles que nous transportons sur notre dos comme des limaces inquiètes. Nous sommes ensuite retournées à la pagode pour récupérer certains livres et vendre les autres. Ils ne formaient plus qu'un large amas de cendres noires au centre de la cour.

Quelque temps après que tu eus quitté la ville, un matin, le moine passeur aux yeux de laque grise est venu vers moi pour me dire que le petit renard avait presque achevé le passage. Dit aussi qu'il devrait, à la suite d'un dernier voyage, retourner dans son monastère, que le réseau migrateur que maître Wou avait dirigé en secret depuis toutes ces années comportait trop de risques pour sa communauté qui s'y était grandement impliquée. Dit que le maître avait demandé de retourner au centre de mes mains les deux premiers versements qui avaient financé ton départ mais que, malheureusement, tout l'argent avait été subtilisé par Achoï, cet homme fourbe qui n'a même pas une livre de chair dans la face. Le passeur m'a dit de conserver le dernier versement qui restait par-devers moi. Il est toujours là où tu sais, dans le ventre du ciel, sous le mudra de l'absence de crainte, à l'abri des yeux de la convoitise. Je le garde pour toi car là où tu es, tu en auras besoin.

Pour ce qui est de ces sommes qui étaient demandées à ceux qui ont traversé du côté bleu du ciel, elles servaient à financer les plus pauvres des oiseaux migrateurs qui, comme toi, n'avaient pas ce qu'il faut pour voler de leurs propres ailes.

À travers tout le vide qui, entre les mots, semble n'avoir rien à dire, vois ce qui doit être vu, comprends ce qui doit être compris, entends ce qui doit être entendu.

À son père et sa mère, j'ai dit pour Chia Ming en partageant avec eux les larmes. Ils ne peuvent se consoler de la perte de leur seul fils. Le père ne travaille plus, se laisse emporter par la mélancolie. La mère nage entre la douleur et l'espérance de le voir un jour revenir vers elle sur la terre de Phat. Je ne sais où toute cette douleur autour de nous finira par choir.

Depuis que le thé est passé dans d'autres mains, qu'il est rationné avec tant d'autres choses, je vends des hamacs et des filets de pêche que madame Wou et sa fille fabriquent, assises à travailler à langueur de jour sur le banc des Hsu. Il n'est pas encore temps pour elles de reprendre ce qui doit rester dans l'ombre.

Salue Chan pour moi. Dès que le temps s'y prêtera, dis-lui avec grand ménagement que son père, sa mère et son frère Minh sont détenus au Nord pour activités politiques contraires au bien de l'État. Voilà la raison pour laquelle il n'a aucune nouvelle. Je n'en sais pas davantage. Ici le silence fait trop de bruit.

Ton oncle Chi Kaï est lui aussi rendu à l'ubac de nos peines. Il a tout perdu, sa femme, sa maison rouge et blanc, son argent sale et son méchant commerce. Il fait des travaux forcés dans une usine d'armements de Hanoi. Je l'ai su par ta cousine qui est venue l'autre soir avec son mari qui a bien défrisé depuis son mariage. Ta tante vit désormais avec un haut placé, une sorte de marionnette du pouvoir qu'on a installée au Camellia Sin. Le quartier des maîtres français est désormais réservé à la xième vague de maîtres qui les a remplacés. On y fait des fêtes pour les visiteurs de marque, leurs familles et les vieux singes à médailles qui tiennent serrées les rênes du cheval. Rien ne ressemble plus à un vieux singe blanc qu'un vieux singe jaune.

Le moine m'a tout raconté pour Achoï. Avec sa face en lame de couteau, celui-là continue d'écumer tout ce qui ose flotter entre l'aval du Mékong et la mer de Siam. Le feu de l'or n'aveugle pas que les yeux – aussi le cœur. Qui s'approche trop de l'encre devient noir.

Je sais que cette lettre ternira la lumière qui baigne les jours tranquilles que tu connais depuis peu. C'est la raison pour laquelle j'ai tant tardé à te dire. Nous devons chacun pour soi cueillir où l'on peut ce qu'il faudra de patience pour faire le chemin. Tristesse et joie ne sont que les deux faces du même morceau de bois qui descend la rivière engrossée par les crues du printemps.

N'oublie surtout pas de te couvrir du soleil, de manger le mieux que tu peux, de bien travailler, d'être un bon fils. Je t'envoie quelque somme.

Maintenant que le vieil âge m'a ouvert sa porte grinçante, que je dois m'alléger de mes regrets autant que de mes désirs avant d'en traverser le seuil, il n'y a qu'un seul souhait dont je ne peux me résoudre à me départir : que je puisse tenir un jour un petit-fils dans mes bras, en dessous du ciel bleu, sur la terre de Phat. Je sais attendre. Qui a été femme de marin reste femme de marin.

Mère

En post-scriptum, des nouvelles brèves que la boiteuse te donne de ses jours longs à vendre des lotos avec sa jumelle et ces seuls signes que l'absente sait tracer, comme un dessin d'enfant, un personnage fait de bâtonnets qui pointe une baguette sur un tableau où elle a dessiné une maison, un soleil qui sourit, un chien sans collier qui dévore le ciel. Un billet de cent dollars est glissé dans un papier de soie.

Tu poses la lettre, tu penses à maître Wou, te recueilles, allumes un bâton d'encens sur un petit autel improvisé, regardes le sol un bon moment. Un peu plus tard, tu te rends chez Chan et Kim pour lire la lettre, partager l'argent avec eux. Ils en ont plus besoin que toi. Kim attend un enfant. Tu ne gardes que ce qu'il faut pour t'acheter une couverture.

Au retour, dans le corridor, un long paquet a été déposé devant la porte de ta chambre. Une fois la boîte ouverte, après avoir retiré les nombreuses couches de papier de soie bleu qui protègent son contenu, tu déroules la peinture enroulée sur deux morceaux de bambou laqué. Sur un fond beige rosé, entre les herbes floues tracées d'un seul coup de pinceau, se détache un grand héron blanc qui prend son envol d'un marais glauque.

Une photo. Au premier plan, ton visage, surexposé par la lumière du flash. Tu chantes, intimidé par les gens que l'on devine devant toi, tout autour. C'est Noël, le premier Noël au camp. Ton premier Noël. Derrière toi, un tableau noir. Santa Claus dessiné à la craie, un traîneau, une colombe sur l'épaule. Au-dessus, en arc de cercle, il est écrit *Merry Christmas* d'une calligraphie soignée. À ta droite, épinglées sur le mur blanc, les lettres de *A* à *Z* découpées dans du carton noir. Plus à droite encore, dans l'ombre, au fond, derrière, trois personnes, une tasse à la main, sourient tristement sous des guirlandes.

Une photo de toi, accroupi, pantalon court, pieds nus. Au sol, un lino fleuri bleu et jaune sur lequel, en guise de nappe, est déposé un morceau de plastique transparent. Dessus, un bol de soupe, une cuiller, trois tranches de pain blanc. En bas, à droite, des pieds, ceux de qui, assis, assise sur le sol, a pris la photo. Encore plus à droite, un peu plus haut, au centre, des doigts qui tiennent une tranche de pain.

Photo de groupe, dix adultes, au centre, un enfant qui dort dans les bras d'un homme jeune. Vous êtes tous pieds nus, assis par terre, portez un toast, une tasse de plastique à la main. C'est le Noël d'ensuite, celui de ta deuxième année au camp. Plusieurs hommes dans le groupe tiennent une cigarette entre les doigts. Derrière vous, une bâche bleu cobalt, deux panneaux d'armoire recouverts d'une pellicule autocollante imitation de bois, des photos de jeunes femmes arrachées à de vieux calendriers, le mot «Noël» découpé dans du papier dentelle, la même feuille de plastique transparent sur le même sol aux fleurs bleues et jaunes, des rouleaux de printemps dans une assiette, des petits bols de sauce de poisson, une assiette de biscuits à la pâte d'amandes, des gâteaux de riz, des mangues et des oranges dans un plat de bois, des cannettes de métal sur lesquelles on a fait tenir des chandelles rouges. Au premier plan, au centre, bien en vue, un Sprite grand format. Apââ est juste à côté de monsieur Hoang qui esquisse un léger sourire. Tes yeux regardent vers le haut, en direction des étoiles de carton doré qui pendent du plafond.

Une photo de Chan et toi appuyés contre un arbre en fleurs. Ta main sur son épaule. Torse nu, Chan a les bras croisés. Entre ses jambes, un enfant fait ses premiers pas. Tu souris. Lui pas. Tu dis que l'enfant est le fils de Chan et de Kim, morte en couches, un an plus tôt et des poussières. Le petit s'appelle Ying.

Deux ans et demi de jours et de nuits sont passés. Ce jour-là, après le travail, tu apprends que monsieur Hoang, Apââ et toi êtes acceptés pour venir vivre ici, au bout du monde. Monsieur Hoang est tout sourire. Il a demandé la main d'Apââ qui la lui a accordée. Quand le ciel veut sauver un homme, il lui envoie l'amour.

Tu prépares tes bagages dans une boîte en carton ceinturée de corde brute. Depuis quelque temps, le ventre du Bouddha est vide et ta mère ne peut plus subvenir à tes besoins. Tu manges souvent chez Apââ et monsieur Hoang qui fait le cordonnier au marché. Pour ton départ, Shakti t'a donné un billet de vingt dollars neuf que tu veux garder intact jusqu'au pays de *fleedom*. Ces derniers jours, tu ne dors plus. Tu es triste de ne plus revoir Shakti, triste pour Chan et Ying qui n'ont pas encore trouvé de pays.

Des pigeons dorment sur le bord de la fenêtre de la pagode. Le soleil fait briller sur leur gorge un petit champ de nacre dont tes yeux ne peuvent se détacher. Deux jeunes moines dans leurs fourreaux de coton orange, totalement absorbés, scandent les paroles du Sûtra du cœur. À chacune des syllabes, l'un frappe sur son tambourin, l'autre fait vibrer parfois sa clochette avec force : « Ni œil, ni oreille, ni nez, ni langue, ni corps, ni mental, ni forme, ni son, ni odeur, ni goût, ni sentier, ni naissance, ni vieillesse, ni mort, ni esprit, ni voiles qui obscurcissent l'esprit, ni sensation, ni sagesse, ni chemin, ni apparence, ni connaissance, ni vacuité… »

Au centre du vide, le corps de Chan est étendu sur une planche de bois montée sur deux tréteaux. Apââ, monsieur Hoang et Shakti sont avec toi. Apââ porte dans ses bras le petit Ying qui pointe son père du doigt, qui dit qu'il fait dodo. Ton esprit n'est plus là, seules les paroles dans ta tête se mêlent à la beauté de la nacre chatoyante qui envahit tes yeux. « … ni sentier, ni naissance, ni vieillesse, ni mort, ni esprit, ni voiles qui obscurcissent l'esprit, ni sensation, ni sagesse, ni chemin… La forme n'est autre que le vide, le vide n'est autre que la forme… »

La cérémonie terminée, les jeunes moines s'en retournent de l'autre côté des clôtures où tu ne peux aller. Clopin-clopant, un chien maigre les suit.

Deux pages restent blanches dans le cahier, lignes vertes, horizon pâle. Deux semaines de silence, une fontanelle qui ne se refermera pas, dont tu veux garder la trace, tu dis, tu écris un peu plus loin. Tu me racontes ce qui s'est passé. À l'avant-dernier jour précédant ton départ, on te fait appeler dans ta classe. Tu sais tout de suite qu'une chose grave est arrivée. Rien de bon. Shakti t'attend sur le pas de la porte, te dit que Chan est mort, qu'on vient de le trouver, pendu, immobile, qu'il n'a rien laissé, pas de lettre, que le petit Ying assis par terre en dessous de lui qui jouait tout seul avec un collier de boutons. Des choses dont on ne parle pas parce que la gorge ne peut les laisser passer.

Tu as suivi Shakti jusqu'au bout du camp dans une auto de l'Agence. Tu as vu le corps de Chan, couché sur le bois dur, sur la terre de Phat, vu la corde blanche qu'on avait retirée de son cou. Tu dis qu'il est mort de la vie. Tu as touché son bras avant que sa chaleur ne cesse, que son corps soit emporté près de Kim, de l'autre côté des clôtures, des plaques de tôle rouillée, des miradors, des bambous acérés…

Le lendemain, après les funérailles, de l'intérieur du camp, les mains agrippées à la clôture, tu as vu les moines repartir, leur chien maigre avec eux. Shakti était là, elle te regardait, de l'autre côté des barbelés, lorsqu'elle a déposé tes deux bouquets de marguerites, l'un pour Chan, l'autre pour Kim. Les bois d'avril s'élancent dans le ciel mou.

Il neige. J'ai allumé dans la chambre. Malgré le temps passé ici, tu ne t'habitues pas au froid. Il fait très froid dehors, je le vois de la fenêtre. Lorsque je sais que tu vas venir, je hausse le chauffage. Mon cœur, lui, pour toi, est toujours embrasé.

Une des dernières photos avant ton départ. Tu tiens Shakti par l'épaule, un de tes doigts touche à la petite harpe. Méconnaissable, tu portes une chemise noire rayée de blanc, un pantalon blanc trop serré, des souliers. Tes cheveux sont trop lissés.

Dans l'avion, entre Bangkok et Rome. Tu demandes un thé. Il t'arrive une tasse, une théière de verre déjà remplie d'eau, une petite enveloppe de papier. Tu ne sais pas quoi faire. Tu ouvres l'enveloppe, la portes à ton nez sans reconnaître aucune des odeurs de la liste des thés que tu connais. Tu crèves le sachet. Tu jettes la poudre de feuilles noires au fond de la tasse. Tu laisses infuser, tu verses sur le tapis rouge la part du dieu de la terre. Tu bois une gorgée en grimaçant, tu le laisses refroidir sans le terminer.

Aéroport de Rome. Tu portes une chemise noire lignée de blanc, un pantalon blanc. Tu es appuyé à la vitre. On voit au loin un avion qui peut être celui que tu reprendras dans trois ou quatre heures jusqu'ici, jusqu'au bout des saisons. Tu souris. Ta main dans ta poche serre fort le vingt dollars que Shakti t'a donné. C'est tout l'argent que tu possèdes.

Tes yeux dehors, qui se réveillent du bord du froid. Plus bas, très loin, le ciel s'égrène en miettes de pain blanc. Tu souris, tu attends, tu sais. Et tout ça, comme un miracle, touche le sol, finit par devenir immobile, le temps d'un long moment. Tu sens ton cœur qui bat. La porte s'ouvre. Dans le passage entre l'avion et l'aérogare, un peu de neige qui fond au contact de ta main. C'est froid. Tu souris.

Tout est neuf, comme ces images que tu as vues dans les magazines échoués dans les bordels de Saigon, troqués au marché de Cholon contre un paquet de thé, trois prunes bleues.

Une forte odeur de cire, de plastique, de ce qu'ici on appelle le propre. Des parquets, brillants comme les rues de Saigon après la pluie, des allées, des murs blancs, des miroirs. Le temps clos de l'attente. Un texte qu'un préposé lit au son sur un carton plastifié. La bienvenue au son, sans amour, en attendant l'interprète, retenu quelque part dans la tempête. Et puis toi, toujours, ton sourire, ton sourire. Assis sur ta boîte en carton. Tes doigts sont déchirés par la corde qui la ceint.

Des valises, des comptoirs, des files d'attente, des gens assis, affalés sur des chaises, couchés sur le sol, rivés à leurs bagages. Ceux qui engueulent les agents parce que les avions ne partiront pas avant deux, trois jours, peut-être, qui sait, peut-être. Une femme qui pleure, son tchador sur la tête, un enfant blond dans les bras. Un vieil homme perdu, qui pousse une marchette en parlant tout seul, de l'écume blanche à la commissure des lèvres. Des téléphones en grappes noires sur les murs. Des gens qui parlent, accrochés aux téléphones, leurs voix acides garrochées aux confins du monde. Des gens de toutes les couleurs, qui parlent toutes les langues, en habits de partout.

Avec le groupe, tu suis votre accompagnateur dans une allée aux couleurs plates, froides, un gouffre long, blanc, beige, tapissé de mots, d'images, d'objets à vendre, sur des feuilles de plastique blanc illuminées par l'arrière.

Votre groupe, un petit paquet d'espoir timide atterri là, ici, au bout des saisons, dans le trop-plein de jour. Longtemps vous marchez. Intimidé, monsieur Hoang se tient les bras croisés derrière le dos, s'arrête un long moment pour scruter la moindre chose. Apââ semble fatiguée. Tu la tiens par la main. Un détour, quarante-cinq degrés vers la droite. Une autre allée longue, sans fin, fade, sans couleur. Trop de lumière dans vos yeux fatigués. La corde de ta boîte te déchire la main.

Devant un mur de verre qui donne sur la piste, des enfants, le nez collé contre la vitre, fascinés par la neige. En contrebas, la neige étend ses draps blancs sur les avions rendus inutiles par la force du ciel. Des lumières bleues, des lumières jaunes, des lumières rouges, des étoiles alignées sagement sur les pistes. Des véhicules, des navettes arrêtées, quelques hommes qui fouillent le ventre du dernier ange de tôle descendu de là-haut. Tes yeux dans la venue opaque du ciel, ses crachins de sucre empilés sur le sol.

Les parquets cirés, brillants comme les rues de Saigon lorsqu'il pleut, lorsqu'il pleure. Des gens qui marchent, qui attendent, sans sourire, leurs regards fixés, accrochés aux indications des vols annulés qui clignotent sur les tableaux lumineux. Le désespoir qui règne en maître. Toi qui souris. Le désespoir est de l'espoir impatient.

Devant vous, un tapis roulant. Des gens y marchent, à la dérive, indifférents. Votre groupe arrêté, médusé. Votre guide qui y monte, vous dit de ne pas avoir peur en s'y engageant avec monsieur Hoang qu'il tient par le bras. Apââ qui s'arrête, son sac de toile à la main, interdite, devant le sol qui fuit. Après quelques instants, elle y pose son bagage et marche dans l'allée parallèle. Tu souris aux autres qui s'éloignent, leur fais signe de la main, accompagnes ta vieille Apââ, ton bras sous son bras.

De la musique de partout, qui vient de partout, qui vous suit partout comme un chien fou qui aboie à la lune. Une voix de femme qui chante, du bout des lèvres, pour elle toute seule, qui chante toute seule, pour elle-même, comme pour elle toute seule.

Du chrome, de l'acier, du marbre blanc, du marbre rose, du bois, du verre, de la céramique. Des néons, des portes qui s'ouvrent dès qu'on s'en approche, qui mènent vers d'autres portes, d'autres attentes. Des portes tournantes où les enfants s'amusent comme dans un manège. Leurs cris perçants qui réveillent les endormis, les parents qui tentent en vain de les calmer.

Des dizaines, des centaines de chaises, de fauteuils alignés. Une salle bondée. Une autre. Une autre encore. Des chiens, des soldats au bout de leur laisse, la mine sombre, à chercher le trouble. Des gens qui marchent, des gens qui courent, pour rien, même si. Leurs pas retentis sur la peau glissante du marbre, de l'acier, du bois, de la mosaïque. Des restos sans odeurs, des cafés, des bars, des boutiques de produits de luxe. Un billet de vingt dollars dans ta poche que tu touches parfois de peur de le perdre.

Une autre allée, interminable, bordée de salles, de murs de verre. Dehors la neige qui barbouille tout en blanc.

Des bars, des gens assis, debout, qui attendent, espèrent devant un café froid. Des stands de journaux, des magazines, à perte de vue. De l'alcool, des parfums, des cigarettes, des drapeaux, des bricoles.

Des moines tibétains qui fument dans une cage de verre, leurs robes de sang séché, leurs yeux dans la lumière, leur regard cru sur tout ce qui s'agite.

Une terre promise connue en images dans les magazines troqués contre un paquet de thé, trois prunes bleues au marché de Cholon. Une vie meilleure que tu cherches à offrir aux tiens, à ta mère, tes sœurs, la boiteuse, l'absente. Et cette chaleur sèche, qui vient de dieu sait où.

Une salle immense, haute, longue, à perte de vue. Mer et monde. Des voix qui résonnent, des gens de partout, perdus, qui attendent, le regard irrité.

Au fond, au loin, très haut, une bannière blanche en tissu, posée à la verticale, coulant sur plusieurs étages au-dessus du vide, de ce qui semble la sortie, «exit, sortie, *fleedom*». Son léger tremblement dans l'air. Dessus, imprimée en noir et blanc, une photo de femme, presque nue, cheveux courts, au visage sévère, hâve, sans sourire.

Son regard impudique, ses yeux qui semblent suivre les tiens à mesure que tu marches vers la sortie, «exit, *fleedom*». D'un large flacon qu'elle tient d'une main contre son épaule, un filet d'or s'écoule entre ses seins. Dessous, écrit à la hâte, comme au rouge à lèvres, en lettres capitales: BE ZEN.

Certains proverbes et dictons empruntés à des auteurs (Mozi, Guan Zi, You Xue, K'ung Tzu, Zhuangzi, San Shi Liu Ji, Lao-Tseu) ou à la sagesse populaire chinoise ont parfois été légèrement modifiés pour s'adapter à la forme du récit.

Un merci tout spécial à Brigitte Purkhardt pour la générosité et la chaleur de son regard complice. Merci également à Mitchel Saint-Cyr pour son appui, à Tran Thi Bach Lien pour ses conseils relatifs à la culture sino-vietnamienne ainsi qu'à Gisèle Laberge et à Richard Gélineau pour les renseignements sur plusieurs détails ayant trait au bouddhisme. À Pierre Choquette, à Richard Ramsay, merci pour tout.

IMPRESSION
IMPRIMERIE GAGNÉ

IMPRIMÉ AU CANADA